小說

숭례문

1권

배상열 지음

Braille Publishing Co.,Ltd.
도서출판 점자

서 문 序文

숭례문의 정수리에 화관火冠이 필 때, 나는 엉망으로 취해 있었다. 작가들과의 회합이 늘 그렇듯 처리량 이상으로 과음한 탓이었다. 자꾸 분리되려는 정신을 다잡는 틈으로 숭례문에 불이 났다는 실시간 방송이 비집어들었다. 그때는 두서없는 꿈인가 싶었는데 다음 날 아침 그만 심장이 덜컥이며 멎는 것만 같았다. 세상에! 국보 1호 숭례문이 불에 타 주저앉고 말았다는 것이 말이나 되는가? 처음에는 술이 덜 깨어 헛것이 보였거나 만우절이 앞당겨진 줄로만 알았다. 그러나 기가 막히게도 숭례문의 부고訃告는 어김없는 사실이었다.

한동안 멍하게 숭례문 방향을 바라보았다. 그때 나는 망연자실이라는 심리상태를 넘치도록 체감했다. 아마 대부분의 국민이 그랬으리라, 당장이라도 달려가고 싶었지만 가슴이 떨려 그러지 못했다. 며칠이나 지난 다음에야 비로소 가보았다가 하마터면 주저앉을 뻔 했다. 숭례문은 문자 그대로의 폐허였다. 육백년이 넘는 세월과 전쟁을 비롯한 모든 간난艱難을 끄떡없이 견디던 나를 이리도 어이없이 죽게 만들었느냐고 절규하는 것만 같았다. 환청이 지난 다음 우리가 잃은 것에 대한 비중이 새삼스럽게 다가왔다. 우리가 망실亡失한 것은 어떤 가치로도 환산하거나 대체될 수 없는 역사라는 사실을 뼈저리게 느꼈다. 숭례문이 역사의 아스팔트 아래 매몰된 다음 짝퉁이 그 자리를 차지하게 될 것이라는 현실에 맹렬한 살의殺意가 솟구쳤다. 법치국가에 살고 있다는 것이 그때처럼 원망스러울 수 없었다.

숭례문을 위해서는 무엇인가 해야만 했다. 그때 나는 숭례문을 위한 헌정서를 쓰기로 결심했다. 내가 역사를 전문으로 쓰는 전업의 작가라는 것과, 과거에 목공木工을 해보았다는 것이 그렇게 다행스러울 수 없었다. 의정부에 칩거하여 숭례문이 건설되는 과정과 민초들의 삶과 땀을 추출한 다음 고려가 매몰되고 조선이 발흥하는 격변기를 새롭게 채굴하여 가공했다. 『소설 숭례문』에서 숭례문이 단순히 조선 초기에 준공된 건물이 아니라는 명제를 입증함과 동시에, 드러나지 않은 역사의 단층斷層을 제시했다. 새롭게 복원된 숭례문을 자신 있게 선보인다.

미욱한 원고를 흔쾌하게 받아주시고 귀한 책으로 만들어주신 『비봉출판사』의 박기봉 사장님과 편집진에게 깊이 감사드린다. 아울러 어려울 때마다 힘이 되어준 김형진 교수와 정명섭 작가에게도 심심한 사례를 드린다. 영원히 함께할 아내 김명해에게도 큰 감사를 드린다.

차 례

1권

2권

프롤로그

조선 태조 7년(1398), 한성漢城

2월답지 않게 봄처럼 푸근한 밤이었다. 어둠의 농도가 엷어졌지만 한성이 깨어나려면 약간 더 기다려야 했다. 미명未明의 끝에 이르러 지난밤의 어둠이 시나브로 희석되자 운해雲海에 돋아난 섬처럼 한성의 모습이 어슴푸레하게 떠올랐다. 새로운 도읍은 막 출산된 아기처럼 순수하고 깨끗했다. 고려가 역사의 격류에 떠내려 간 것은 그리 먼 과거가 아니었다. 새로운 도읍이 된 한성은 숭례문崇禮門의 완공을 눈앞에 두었다. 사대문四大門 가운데 가장 늦은 숭례문이 완공되면 한성은 명실상부한 조선의 수도首都로 기능할 것이었다.

나이보다 훨씬 늙어 보이는 사내가 숭례문에 올랐다. 숭례문을 지키던 갑사甲士들은 그를 제지하지 않았다. 숭례문의 책임을 맡아 3년 동안 하루도 쉬지 않고 일한 도편수가 일찍 나온 것은 전혀 이상하지 않았다. 석축의 계단을 힘겹게 오르는 사내의 무릎이 당장 부서지기라도 할 듯 삐걱거렸다. 두 번이나 쉬어서야 문루門樓에 이른 사내가 뭍에 오른 물고기처럼 헐떡이며 축축한 공기를 들이켰다. 숨을 돌린 그가 나무뿌리처럼 뒤틀린 손가락을 힘겹게 들어 거대한 기둥을 만졌다. 아릿한 송진 냄새 속에 그동안 쏟아 부었던 땀과 수고가 분명히 느껴졌다. 사내의 얼굴에 열반涅槃 같은 희열이 피었다. 지난 3년은 한 자투리마저 평생과도 바꿀 수 없는 귀중한 나날이었다.

문루에 오른 사내가 앞을 바라보았다. 앞으로 모든 것이 이곳을 통해 남쪽의 모세혈관으로 퍼져나가고 남로南路에서 올라온 것들이 다시 이곳을 거쳐 들어올 터였다. 입구와 출구를 겸하는 숭례문은 도성의 정문正門이자 조선의 정문으로 기능할 것이다. 그가 완공한 것은 그의 분신分身이자 역사의 증거였다. 그러나 사내는 숭례문을 볼 수 없었다. 숭례문을 건설하다가 눈까지 잃어야 했지만 조금도 아깝지 않았다. 대견한 자식을 쓰다듬는 것처럼 문루를 떠받치는 사방의 기둥을 하나씩 주의 깊게 만져본 사내가 천천히 문루를 걸었다. 숭례문이 그의 손을 잡고 인도하는 것만 같았다.

누군가가 옆에 있기라도 한 것처럼 정겹게 이야기를 나누던 사내가 갑자기 풀썩 쓰러졌다. 그는 굳이 몸을 추스르려 하지 않았다. 편하게 몸을 누인 사내의 입에서 붉은 피가 솟구쳤다. 피가 울컥 치솟을 때마다 얼마 남지 않은 생명이 뭉클거리며 빠져나갔다. 사내의 모든 것이 숭례문에 흡수되는 것 같았다. 투명한 바람이 혈관을 그득 채우고 흐르다가 호흡이 단단하게 응결되었다. 이제는 그동안 유영遊泳했던 삶과 구획되어야 했다. 죽음의 낙차에 함몰된 사내가 만족하게 웃었다.

시작과 마지막

연산(連山, 지금의 논산)의 개태사開太寺에도 봄이 한창이었다. 얼어터진 피부에서 돌출된 혈관처럼 앙상했던 나무에 푸른 혈액이 돌고 고운 수정란 같은 버들강아지가 조용히 숨을 골랐다. 불태운 둔덕마다 계집아이들이 옹기종기 모여 앉아 대지의 모공毛孔에서 돋아난 쑥을 뜯었으며, 농부들은 겨우내 놀렸던 멍에와 쟁기를 꺼내 먼지를 털었다.

"그간 노고 많으셨나이다."

주지승이 정중하게 합장을 했다. 열댓 명의 목수들이 마주 합장하여 예를 표했다.

"저희들의 품삯은 여유가 생기는 대로 천천히 보내셔도 되오이다. 부처님을 모시는 일에는 그냥 해드리는 것이 당연하나 소인도 수하를 거느리는 몸이라 어쩔 수 없으니 그저 혜량하시기를 바랄 뿐입지요."

도편수의 말에 주지가 어쩔 줄 몰랐다.

"이문을 남기지 않고 해주신 것만 해도 황송할 지경인데 어찌 품삯을 천천히 보낼 수 있겠나이까? 이미 인근에 알려 놓았으니 시주가 모이는 대로 보내드리도록 하겠습니다."

주지의 치하에 도편수가 다시 합장하고 개태사를 나섰다. 수십 명의 수도승이 경건하게 목탁을 두드리며 배웅했다. 저마다 톱과 끌 같은 것을 걸망에 넣어 걸머진 목수들에게서는 자부심이 철철 넘쳤다. 개태사를 중건重建한 주역은 바로 그들이었다. 지붕에 기와를 얹고 웅장한 용마루로 마감한 와공瓦工들과 휘황하게 색채를 입혀 생기를 불어넣은 단청장丹靑匠들이 돋보였으나, 그들은 외피外皮를 치장한 것에 지나지 않았다. 대웅전大雄殿을 비롯한 도량의 골조를 새롭고 단단한 것으로 교체하고 벽체와 문설주를 충분히 보강하는 것은 결코 만만한 공사가 아니었다. 고려에서 알아주는 도편수와 수하의 목수들이 꼬박 일 년이나 걸려서야 마감할 수 있었다. 이런 규모와 수준으로 완성시킬 수 있는 도편수가 아주 드문 것은 아니었지만, 거의 이문을 남기지 않고 해줄 수 있는 사람은 이 도편수가 유일하다고 할 수 있었다. 국가의 지원을 넘치도록 받고도 사익私益에 눈이 먼 개경의 거찰巨刹들과는 비교조차 할 수 없이 어려운 지방의 사찰들에게 그는 부처님과 다름없었다.

열 살 쯤 먹어 보이는 사내아이가 목수들의 뒤를 따랐다. 원행遠行이 처음인 듯 호기심 어린 모습으로 주변을 둘러보다가 자꾸만 고개를 돌려 개태사를 바라보았다. 개태사에서 멀어지는 것이 두려운 것 같았다.

"돌아가고 싶으면 지금도 늦지 않았다."

도편수의 말에 아이가 움찔 놀랐다.

"주지에게 너를 달라고 청하기는 했지만 품삯과는 상관없는 일이었다. 무슨 뜻인 줄 아느냐?"

그가 자상하게 아이를 바라보았다.

"네가 돌아간다고 해도 막을 사람은 없다. 앞으로의 모든 것은 너에게 달렸다."

아이가 치열하게 갈등했다. 한참이나 갈등하던 아이가 뒤를 돌아보지 않고 단호하게 걸었다. 그때가 고려 31대 공민왕恭愍王 4년(1355)의 초봄이었다.

1374년 9월 22일, 살벌한 말발굽에 평온한 새벽이

깨졌다.

"서둘러라!"

최영崔瑩이 갑사甲士들을 질타했다. 연경궁延慶宮으로 향하는 무사의 무리를 바라보던 백성들이 불안한 낯빛으로 수군거렸다.

"오시느라 고생이 많으셨소이다."

이인임李仁任이 느물거리며 최영을 맞았다. 염흥방廉興邦과 지윤池奫, 임견미林堅味 등의 심복들이 갑주에 피를 묻힌 채 최영을 바라보았다.

"감히 전하를 시해한 무리들을 모두 척결하였으니 장군은 걱정할 것 없소이다."

"꺼진 불도 다시 봐야 하는 법이오."

최영이 무사들을 풀어 궁궐을 수색하려 하자 이인임의 얼굴이 이지러졌다. 이미 피를 본 이인임의 심복들이 거칠게 저지하자 최영의 무사들도 칼을 뽑으려 했다. 당장이라도 격돌할 것처럼 살벌한 가운데 이인임이 웃으며 손을 저었다.

"이미 끝난 일 가지고 너무 소란 피우지 마십시다."

이인임의 말이 끝나기도 전에 대신들이 석상처럼 딱딱하게 굳은 표정으로 들어오기 시작했다. 긴급회

의를 소집한 사람은 바로 이인임일 것이었다. 잠시 후 이인임이 주도하여 사태수습에 들어갔다.

– 간교한 놈!

최영의 주먹이 부르르 떨렸다. 간악하기 짝이 없는 이인임이 정권을 잡으면 그 농단壟斷이 얼마나 심할지 알 수 없었다. 당장 베어버리고 싶었지만 공민왕恭愍王의 복수를 시행하여 명분을 갖춘 데다, 이미 대신들이 소집된 이상 어쩔 수 없었다.

"자제위子弟衛가 범인이라는 것이 사실입니까?"

정몽주鄭夢周의 말에 이색李穡이 말없이 하늘을 바라보았다. 공민왕이 가까이 두었던 홍륜洪倫 등의 귀족 자제들이 반역하였다는 발표는 말도 되지 않았다. 아무래도 이인임이 의심스러웠지만 칼을 든 자들에게 이의를 제기하기 어려웠다. 문제는 앞으로였다. 백년에 이르렀던 원元나라의 지배를 뿌리치기 위해 흥기하는 명明나라와 손잡고 과감한 개혁정치를 추구했던 공민왕의 죽음은 고려를 다시 퇴보시킬 것이 분명했다. 원나라에게 붙어 나라를 좀먹던 부원배附元輩들과 왕실을 우습게보던 권신權臣들이 다시 발호하여 공민왕을 도와 친명親明 정책을 추구하던 관료들을 탄압할 것은 불문가지였다.

“저 사람도 그리 기대할 것은 없겠지요?”

정몽주가 흘긋 최영을 바라보며 말했다. 최영은 살아 있는 신화였다. 27대 충숙왕忠肅王 때 태어나 28대 충혜왕忠惠王 시대에 입신하여 충목왕忠穆王, 충정왕忠定王, 공민왕을 모셨던 최영의 삶은 바로 전쟁이었다. 젊었을 때부터 왜구를 수도 없이 격파하였으며, 공민왕 1년(1352)에 감히 반역하여 전하를 겁박한 조일신趙日新의 난을 평정한 다음에도 최영의 무공은 끊이지 않았다. 공민왕 3년에는 원元나라의 요청으로 중원에 원정하여 장사성張士誠의 반군을 토벌하여 국제적인 명성을 얻었으며, 원나라에 속했던 압록강 서쪽의 8참站을 수복하여 공민왕이 크게 기뻐하고 백성들의 칭송이 높았다.

공민왕 7년(1358)에는 오예포吾乂浦에 침입한 왜선 400여 척을 격파했으며, 이듬해 4만의 홍건적이 서경(西京, 평양)을 침공하여 함락하자 이방실李芳實 등과 함께 적을 격멸시켰다. 공민왕 11년(1361)에 다시 홍건적이 창궐하여 개경開京까지 점령하자 안우安祐와 이방실 등과 함께 격퇴하였으며, 공민왕 13년(1363)에 김용金鏞이 흥왕사興王寺에서 반란을 일으켜 하마터면 공민왕이 살해당할 뻔했을 때도 최영이 달려와 반란을 평정했다. 이후에도 일일이 소개하기조차 어려운 공을 세웠다. 고려가 유지되는 것은 최영 덕택이라고 해도 그리 과언이 아니었는데, 최영도 명나라와 가까워지는 것을 그리 반기지 않는 편이었다.

"그래도 이인임보다는 나은 사람이지."

"그렇기는 합니다만……."

정몽주가 말끝을 흐렸다. 아무래도 불길했다. 예전에도 위기가 많았지만 왕이 시해당하는 일은 없었지 않았던가. 비록 원나라의 부마국駙馬國으로 전락하여 25대 충렬왕忠烈王 이후 대대로 충忠 자字 항렬을 쓰기는 했어도 왕이 죽은 일은 없었다. 게다가 충 자 항렬을 집어던지고 변발辮髮과 호복胡服 등 원元의 풍속과 습속을 금지시키고 독자적인 연호를 사용하는 등, 민족의 자주성을 회복하기 위해 노력하던 공민왕이 시해당했다는 것은 불길함을 훨씬 뛰어넘는 사건이었다. 나중에 알았지만, 공민왕이 시해당한 그날은 고려의 급소에 칼이 박힌 날이기도 했다.

낙 차

여달이 조용히 대팻날을 갈았다. 숫돌의 면을 예리하고 일정하게 마찰하는 느낌이 선득하게 파고들 때마다 가슴이 찌르르 울렸다. 마치 팔을 갈아내는 것 같았다. 그에게 연장은 팔이나 진배없었다. 여기로 들어온 열 살 무렵부터 서른을 훌쩍 넘긴 지금까지 얼마나 많은 대패와 끌을 갈았는지 몰랐다. 날을 갈아내는 방법을 처음 배운 날부터 대목들을 부려 큰 공사를 이루는 도편수가 된 지금까지 날이 갈리는 느낌은 그대로였다.

물을 뿌려 날과 숫돌을 적신 다음 약간 더 갈아 마무리했다. 갈아낸 대팻날을 마른 헝겊으로 조심스럽게 닦는 여달의 모습은 높은 경지에 오른 무사가 검을 다루는 것과 그리 다르지 않았다. 잘 말린 대팻날을 조심스레 대패에 끼우려는데, 갑자기 주변이 소란스러워졌다. 간밤에 연경궁에서 일어난 변고가 목수들이 모여 사는 마을에도 전해진 탓이었다. 목수들이 불안하게 웅성거리며 누가 새로운 왕이 될 것인지 조심스럽게 토론했다. 순리에 따라 공민왕의 아들이 즉위할 것이라는 주장과, 공민왕의 아들은 나이가 어린데다 요승妖僧 신돈辛旽의 자식이라는 의심을 받기 때문에 다른 왕족이 선택되리라는 주장이 팽팽히 맞섰다. 비록 목수들이라고는 하지만 부호와 정치인들의 자택을 많이 공사했기 때문에 주워들은 풍월이 만만치 않았다.

주변이 소란스러워도 여달은 아무런 변화가 없었다. 그에게는 오늘 할 일이 있을 뿐이었다. 일을 준비하는 여달에게 서른을 약간 넘긴 것 같은 훤칠하고 인물이 뛰어난 사내가 다가갔다. 아무리 보아도 목수마을의 일원 같지 않은 사내는 마을의 생계를 꾸리는 긍호였다.

"행수가 어제 말한 대로 준비하면 되겠소?"

긍호가 여달에게 말했다.

"잘 부탁하네."

여달이 목재를 구입하기 위해 나가는 긍호를 안쓰럽게 바라보았다. 본래 행수는 긍호의 몫이었다. 여달을 목수마을로 데리고 온 전임前任 행수가 긍호의 부친이었다. 긍호도 타고난 자질이 있었지만 여달이 워낙 뛰어났기 때문에 행수를 물려받게 되었다. 궁호는 가타부타 말이 없었는데, 그것이 더욱 그를 미안하게 했다. 다행스럽게 궁호는 셈과 흥정에도 뛰어났다. 궁호는 좋은 조건으로 공사를 흥정하고 같은 값으로도 훨씬 좋은 재목을 구입했다. 게다가 일단 맡은 공사의 대가는 보리 한 됫박도 빠뜨리지 않고 받아내었다. 목수마을의 식솔들이 굶지 않게 된 것은 궁호가 빈틈없이 챙기는 덕택이라고 보아야 했다.

"가자!"

여달이 앞장서서 마을을 나갔다. 저마다 걸망을 걸머진 목수의 무리가 일터로 향했다.

우왕禑王 원년(1375), 초여름의 태양이 따가울 무렵 한양漢陽 동쪽 천보산天寶山의 거찰 회암사檜巖寺에서 목수들이 분주히 움직였다.

"상좌上座를 만나고 오겠소."

여달이 나이든 목수들에게 말했다. 이제 서른다섯으로 도편수가 되기에는 아직 젊었지만 그의 솜씨는 고려에서 채 백 명도 되지 않는 도편수 가운데서도 첫손에 꼽혔다. 그 나이에 최고 수준으로 인정받는 목수마을의 행수가 된 것은 결코 우연이 아니었다.

"내가 돌아올 때까지 일을 멈춰라!"

돌을 깨는 망치처럼 빠르고 무겁게 파고드는 목소리에 분주하던 목수와 일꾼들의 움직임이 딱 멎었다. 도면을 챙겨들고 내불당內佛堂으로 향하는 여달의 뒤에서 대목들이 불안하게 웅성거렸다.

"행수께서 어인 일이시오?"

저팔계처럼 비대한 중년의 승려가 그리 달갑지 않은 태도로 자리를 권했다. 술과 고기는 물론, 지분 냄새까지 풍기는 것이 신성한 도량과는 너무나 거리가 멀었다. 당장 문을 박차고 나가고 싶었지만 분명히 짚고 넘어갈 일이 있었다.

"무슨 일로 오셨느냐고 묻지 않았습니까?"

여달이 대답 대신 도면을 펼쳤다. 여달은 중건에 포함된 건물의 대부분이 대들보와 기둥 등의 주요 골조가 견고한 육송陸松으로 지어진데다, 미심쩍은 부분은 지난번의 중건에서 이미 전부 손보았다는 것을 말했다. 애초의 도면과 중건된 도면을 놓고 비교하여 자세히 설명하였지만 상좌는 그리 눈여겨보지도 않았다.

"행수께서는 무슨 말씀을 하시고 싶은 것입니까?"

"이번의 중건에 포함된 도량 가운데 대웅전과 극락전極樂殿을 위시한 서른다섯의 건물은 물론, 산문山門과 일주문一柱門도 전혀 손을 볼 필요가 없소이다."

"어째서 그렇소이까?"

"도편수인 제가 면밀히 도면을 검토한 다음 직접 여러 번에 걸쳐 살피고 실측하여 얻은 결과가 그리 나왔으니 참고하시는 게 좋지 않겠습니까?"

"행수께서는 계약에 따라 일 해주시고 품삯을 받으시면 그만 아닙니까?"

"그렇지 않습니다. 멀쩡한 건물을 뜯어내어 대들보와 기둥을 교체했다가는 오히려 악영향을 끼칠 것이 분명하오이다. 그것은 잘 짓고 오래 보존해야 하는 목수의 의무에 어긋나는 것입지요. 그리고……."

"그리고 뭡니까?"

상좌가 게트림을 하자 시궁창 썩은 냄새가 풍겼다. 구역질이 나는 것을 간신히 참은 여달이 조용히 말했다.

"지금의 방식으로 중건을 했다가는 비용이 신축新

築하는 것이나 별 차이가 없을 것입니다. 게다가 오히려 건물을 상하게 만들 우려가 크지 않겠습니까? 소인은 목수된 자로서 그것을 우려하는 것입니다."

"원 걱정도 팔자시오."

상좌가 피식 웃었다.

"이번 중건으로 본당本堂을 위시한 건물에 피해가 없을 것과 행수의 수하들도 그리 힘들지 않을 것임을 소승이 보장하겠소. 그러니 괜한 걱정은 붙들어 매시는 것이 좋겠소."

상좌가 장사 한 두 번 하느냐는 투로 말했다. 그러나 상좌가 말하는 대로 이루어지기 위해서는 정상적인 공사가 되지 않아야 한다는 전제가 필요했다. 멀쩡한 도량의 대들보를 교체하고 산문 등의 정문을 크게 수리하는 것은 매우 의도가 불순했다. 본당의 대들보를 교체하고 그 외의 건물은 벽체와 지붕을 뜯었다가 다시 붙이면 실제로는 그리 큰 품이 들지 않으면서 크게 중건하는 것처럼 보일 수 있었다. 그렇게 처리하면 엄청난 차익을 뽑을 수 있었는데, 여달은 결코 그런 것을 원하지 않았다.

"계약대로 하시면 되는 일이 아니오?"

"소인은 그런 식으로 일하지 않소이다."

“보기보다는 까다로우시구먼, 그러지 말고 솔직히 말합시다.”

상좌가 이거 왜 이러느냐는 듯 실쭉 웃었다.

“알아서 잘 해주시면 주지께 잘 말씀드려 품삯의 두 배를 드릴 수도 있습니다. 물론 행수 몫은 따로 두둑이 챙겨드립지요. 그게 바로 누이 좋고 매부 좋은 것 아니겠소?”

“소인에게는 염불보다 잿밥에 마음이 있는 것으로밖에 보이지 않습니다만.”

상좌의 얼굴에서 웃음이 빠르게 걷혔다. 그나마 약간 비치던 승려의 모습이 사라지고 닳고 닳은 협잡꾼이 나타났다.

“당신이 아무리 고려 제일의 도편수라고 해봤자 결국 목수 아냐? 목수 주제에 감히 회암사에게 뻗대 봤자 좋을 건 없어, 그리고 어차피 좋은 게 좋은 거야. 그러니까 공연히 뻗대다가 경치지 말고 시키는 대로 하도록 해. 그게 신상에 좋을 거야.”

“그렇게는 못하겠소!”

여달이 벌떡 일어서서 나가려 했다.

“파약破約 하려거든 좋을 대로 해. 우리는 아무것도 손해 볼 게 없으니까.”

느물대는 상좌를 짓밟아버리고 싶었지만 그랬다가는 정말 큰 사단이 벌어질 것이었다. 여달이 떨리는 주먹을 부르쥐고 밖으로 나갔다. 바깥에는 기골이 장대한 탁발승 차림의 승려가 서 있었다. 언뜻 여달보다 열 살 쯤은 더 먹어 보이는 탁발승이 빙글대며 앞을 가로막았다.

"천한 목수 주제에 시키면 시키는 대로 따를 일이지 너무 주제넘게 노는구나!"

"중이면 중답게 염불이나 잘 하시오!"

이글거리는 눈으로 탁발승을 노려보던 여달이 바닥이 팰 것처럼 무거운 걸음을 떼었다.

"오랜만일세."

탁발승이 들어오자 상좌가 당황하여 일어서려다가 멱살을 잡혔다. 캑캑거리는 상좌를 억지로 주저앉힌 탁발승이 빙그레 웃으며 말했다.

"나도 곡차와 천리채 좀 주게나. 나이가 들어서 그런지 요즘에는 탁발하는 데도 힘이 부친단 말이야."

곡차穀茶는 다 알다시피 술을 이르는 것이고 천리채穿籬菜는 울타리를 뚫고 다니는 나물, 즉 닭고기를 말하는 은어였다. 상좌가 뭐라고 대답하지 못하고 우물쭈물하자 탁발승이 친근하게 상좌의 머리를 쓰다듬었다.

“누구는 입이고 누구는 주둥인가? 같은 도량에서 정진하는 사이면 음식도 나눠먹을 줄 알아야지, 그게 바로 도반道伴된 도리가 아니냔 말일세.”

“아, 알겠네. 내가 가서 가져올 테니 여기서 조금만 기다리고 있게나.”

황급히 일어나려던 상좌가 다시 멱살을 틀어 잡혔다.

“신성한 도량에서 술 처먹고 고기 뜯는 것만 해도 백번이나 파계破戒할 일이거늘, 감히 중건을 빙자하여 뇌물을 수수하고 간음까지 일삼다니 그게 중놈이 할 짓이더냐!”

탁발승이 크게 노해 외쳤다. 아무래도 그냥 상좌를 찾은 것 같지 않았다.

“중건은 주지가 시킨 것이니 나는 잘못이 없다네. 그리고 부인들과 함께 옷을 벗고 불공을 드린 것은 자식이 없어 고통당하는 그들을 구하기 위해 이 한 몸 희생한 것이라네. 비록 파계에 해당하지만 파계를 두려워해서야 어찌 중생을 구할 수 있겠는가? 내가 먼저 지옥에 가지 않으면 누가 가겠냐는 불타의 뜻을 실행한 것뿐일세.”

“이런 단매에 쳐 죽일 놈을 보았나! 그렇다면 가여운 노비들을 강간하고 자식까지 낳게 한 것은 어떻게 설명하겠느냐? 그것도 불타의 뜻을 따른 것이더냐!”

“그것 역시 헐벗고 굶주리는 중생을 제도하라는 불타의 뜻을 따른 것일세. 갈 곳 없는 여인들을 받아들이고 먹여 살리는 자체가 바로 불타의 뜻을 이루는 것 아니겠는가? 그 여인들이 자식을 낳은 것은 부처가 계신 사찰을 위해 일할 사람을 늘리는 것이며, 그것 또한 업보의 순환에 의한 것일세. 전생의 인연이 그렇게 이어진 것으로 보아주게나.”

상좌가 입에 참기름을 칠한 듯 매끄럽게 변명하자 탁발승은 기가 막혀 말도 나오지 않았다. 죽일 듯 노려보던 탁발승이 천천히 입을 열었다.

“마지막으로 한 가지만 물어보자. 불쌍한 승간소생들을 왜 그리도 혹사하는 것이냐? 심지어는 팔아먹기까지 하는데, 그것은 어찌 발명할 것이냐?”

불교가 극도로 타락한 당시에는 음탕한 중들이 절에서 부리는 노비들을 예사로 간음하였기 때문에 중의 소생들이 적지 않게 태어났다. 승간소생僧姦疏生

이라 불리는 그들은 절의 노비가 되기 마련이었으며 여염에 팔리기도 했다. 중이 노비와 간음하여 태어난 승간소생은 사람대접 받기는 틀린 존재여서 여염에서는 아주 심한 욕으로 통하기도 했다.

"그것도 불타의 뜻이라네, 승간소생도 절의 일원一員이니까 불타의 뜻을 배워야 할 것인데, 그 방편으로 고력苦力이 필요한 것일세. 그리고 그들을 노비로 파는 것은 어려운 사찰의 살림에 도움이 되기 위해 스스로를 내던져 희생하는 것이니 어찌 불심佛心이 아니겠……."

상좌는 변명을 끝마치지 못했다. 무섭게 때리고 짓밟는 바람에 매끄러운 변명이 줄줄이 새나오던 입에서 처절한 비명이 튀어나왔다.

"내가 비록 어리석고 배운 것이 없어 스스로를 무학無學이라 칭했는데 네놈들보다는 백배는 똑똑하고 유식할 것이다! 오늘 네놈을 징치하는 김에 아예 살계殺戒를 열어버리겠노라!"

크게 외친 탁발승이 사타구니를 모질게 밟아버리자 상좌가 거품을 물더니 그만 눈을 허옇게 까뒤집고 졸도해버렸다.

"어쩌려고 그랬는가?"

대목들이 우려스러운 안색으로 여달에게 말했다. 묵묵히 술을 넘기는 여달에게 답답하다는 눈빛이 쏟아졌다. 술을 내오는 은애도 근심이 역력했다.

"뭐라고 말을 해보게나, 앞으로 어쩔 셈인가?"

대목 가운데 가장 나이가 많은 자가 대답을 채근했다.

"회암사의 일은 절대로 할 수 없습니다! 그러니까 더 이상 말하지 마십시오."

"그래도 이런 식으로 하면 안 되네."

"회암사에서 원하는 것은 중건이 아니라 도둑질이 아닙니까? 우리는 목수지 도둑놈이 아닙니다!"

"그걸 누가 모르는가? 하지만 그것은……."

대목은 차마 파약破約이라는 말을 꺼내지 못했다. 파약을 당하는 날에는 그동안 들어간 재목과 품삯을 떼이는 것은 물론, 소문이 퍼지게 되면 앞으로 목수 마을이 설 자리가 없었다. 그런 파약까지도 불사하겠다는 여달의 결정은 모든 식솔을 굶겨죽이겠다는 것이나 진배가 없었다.

"자네가 행수를 물려받은 이상에는 결정에 따를 수밖에 없겠지만 냉정하게 현실을 바라보는 것이 좋을 것 같네."

그 대목은 여달의 스승과 함께 배운 사람이었다. 여달이 스승에게 행수를 물려받을 수 있었던 것은 재능이 워낙 뛰어났기 때문이지만, 대목들이 인정하고 밀어준 탓도 적지 않았다. 그런 대목이 타이르듯 말하자 여달도 깊이 한숨을 쉬었다.

"자네 스승이 지방의 어려운 사찰들을 도울 수 있었던 것도 거찰巨刹과의 거래에서 이문을 남겼기 때문일세, 왜 그런 것은 생각하지 않는가?"

"하지만 스승께서는 그런 식으로 가르치지 않으셨습니다! 그런 놈들이 주는 품삯을 받을 바에는 차라리 굶어 죽으라고 배웠습니다!"

"이 사람아! 자네 스승은 그런 정신으로 일을 하라고 가르친 걸세. 원리원칙만 따졌다가는 곱다시 굶어 죽고야 말 것이네! 이제 파약을 당하면 어쩔 셈인가? 자네의 고집 때문에 애꿎은 식솔들이 전부 굶어 죽게 생겼으니 어떻게 책임을 지려고 그러는가!"

대목의 외침에 모두가 술렁거렸다. 여달이 마음을 고쳐먹지 않는 한 파국을 피할 길 없었는데, 여달은 도무지 그럴 생각이 없어보였다. 대청 밖에 있던 젊은 층들이 흥분하기 시작했다. 그들이 나서자 분위기가 험악해졌다. 여달은 그래도 생각을 바꾸지 않았다. 더 이상 참지 못한 젊은 층들이 팔을 걷어 부치고 나서려는데 긍호가 싸립을 들어섰다.

"제가 알아서 할 테니 그만 돌아들 가십시오."

긍호의 말에 대목들이 안도의 한숨을 쉬며 분분히 일어났다. 아직도 흥분해 있는 젊은 층들을 호통 쳐 쫓아낸 그가 여달의 앞에 앉았다.

"오라버니 오셨어요?"

은애가 얼굴을 붉히며 인사를 건넸다.

"식사는 하셨나요? 곧 밥을 앉히……."

"번거롭게 굴지 말고 술상이나 봐 오거라, 사형師兄과 한 잔 해야 할 것 같다."

잠시 후 은애가 술상을 내오자 긍호가 은애를 물리치고 여달을 바라보았다.

"거두절미하고 간단하게 말하겠습니다. 생각을 바꾸겠습니까? 아니면 행수를 내놓겠습니까?"

여달이 대답 대신 술을 삼켰다. 마치 극약이라도 들이켜는 것처럼 고통스러워보였다.

"다시 말하겠……."

"그만 됐네."

여달이 손사래를 치더니 비틀거리며 일어났다. 방

으로 들어간 여달이 작은 비단 보자기를 들고 나왔다. 그것을 건네받은 궁호가 조심스레 풀었다. 보자기 안에 든 것은 고색창연한 대패였다. 고려 이전부터 존재했다는 목수들의 집단을 이끌고 마을을 세운 도편수가 쓰던 대패는 후임의 행수에게 전해지는 신표信標였다. 신표를 다시 보자기에 싼 궁호가 천천히 일어났다.

"이제 사형은 우리 사람이 아니니까 알아서 판단하기 바라겠소."

"내일 아침까지만 말미를 주게. 짐은 싸야 하지 않겠나?"

궁호가 대답 대신 묵직한 것을 던졌다. 주먹만 한 은덩이가 요사하게 반짝였다.

"그동안 일한 품삯에는 미치지 못하겠지만 가져가도록 하십시오."

"이런 것은 필요 없네. 공사에 보태도록 하게나."

"사형은 필요 없을지 몰라도 저 사람에는 필요하겠지요."

은애가 금방이라도 울 것 같은 얼굴로 이쪽을 바라보고 있었다.

사람들

동북면東北面 함주(咸州, 지금의 함경도 함흥)에서 수백의 기병이 가을의 산악을 달렸다. 느닷없는 말발굽에 놀란 짐승들이 황급히 달아났다. 화려하게 치장한 장끼가 끼루룩거리며 튀었다. 높이 솟아 방향을 잡고 빠르게 날던 장끼의 머리가 느닷없이 날아갔다. 화살에 머리가 박살난 장끼가 퍼덕이며 떨어지는데 이성계李成桂가 전력으로 질주하여 잡아챘다. 마수걸이를 한 이성계가 크게 외치자 기병들이 숲을 뒤져 짐승을 몰아냈다.

잠시 후 앙칼진 포효咆哮와 함께 불꽃같은 맹수가 튀어나오다 이성계를 보고 멈칫했다. 그쪽에 이성계밖에 없는 것을 확인한 표범이 땅을 박찼다. 순식간에 삼십 보쯤으로 육박한 표범이 승리를 확신했다. 이 정도 거리에서는 인간이 야수를 이길 수 없었다. 다음 도약으로 앞에 있는 인간의 목줄에 송곳니를 박아 뜯어내면 충분히 빠져나갈 수 있었다. 표범이 도약하려는 순간 가슴에 날카로운 충격이 박혔다. 표범이 벌렁 자빠졌다가 튀듯이 일어났다. 독이 오를 대로 오른 표범이 피를 얼릴 것 같은 포효를 지르며 도약하려는 순간 이번에는 목에 화살이 박혔다. '킥!' 하는 비명과 함께 목구멍에서 피가 터졌다. 괴롭게 몸을 비틀다 잠잠해지는 표범을 덤덤한 표정으로 바라보던 이성계가 강궁強弓을 내렸다. 상당히 큰 표범이지만 허기를 때우기에는 어림도 없었다.

월척을 노렸다가 피라미를 낚은 강태공처럼 아쉽게 입맛을 다시는데 마른 벼락같은 포효가 터졌다. 산이 우르릉 떨릴 정도로 엄청나게 포효할 수 있는 맹수는 오직 하나밖에 없었다. 이성계가 크게 웃으며 포효하는 방향으로 질주했다. 자신의 영토에서 나가지 않으면 오직 죽음밖에 없다는 경고를 무시당한 대호大虎가 격노했다. 대호가 다시 한 번 울부짖었다. 기가 약한 말들이 오줌을 지릴 정도로 살벌한 포효였다. 그러나 이성계는 전혀 개의치 않고 도전했다. 마침내 대호가 뛰쳐나왔다. 방금 죽인 표범의 몇 배나 될 것 같은 엄청난 놈이었다. 이성계가 명적鳴鏑을 만작滿酌했다. 어린아이 주먹만 한 명적의 화살촉이 보름달처럼 당겨진 시위에 걸려 쏘아질 때를 갈구했다. 격노한 대호가 펄쩍 도약했다. 굳이 이빨을 쓸 것도 없이 앞발의 일격이면 충분할 것 같았다. 대호가 몇 길이나 치솟은 순간 귀를 찢는 소리가 터졌다. 이성계가 쏜 명적이 굉음을 토하며 허공을 찢었다. 이성계를 덮치던 대호의 가슴에 피가 튀었다. 자신 만큼이나 거대한 불곰의 앞발에 얻어맞은 것 같은 충격에 대호가 저만큼 나가떨어졌다. 넉 자나 되는 명적이 거의 반이나 쑤시고 들어가 대호의 심장을 찢어발겼다. 자신의 패배를 믿을 수 없다는 듯 끄르륵거리며 낫 같은 발톱을 뽑아내 땅을 긁던 대호의 머리가 툭 떨어졌다. 목숨을 건 싸움에서 승리한 이성계가 껄껄 웃었다. 병사들이 고함을 지르며 또 한 차례의 승리를 자축했다.

"한 잔 드시지요."

의제義弟 이지란李之蘭이 큰 잔을 내밀었다. 불 냄새가 확 풍기는 독한 소주燒酒를 단숨에 들이켜자 뱃속이 찌르르 울렸다. 이제 꽉 찬 마흔, 세상 무서운 줄 모르고 날뛰던 청년 시절은 아스라이 사라졌지만 이성계의 삶은 아직도 질풍노도였다. 전쟁에 뛰어든 이래 한 차례도 패배하지 않은 용장 이성계를 모르는 사람이 없었다. 그는 최영崔瑩 장군과 함께 고려를 떠받치는 기둥이라고 해도 과언이 아니었다.

“이만하면 된 것 같습니다.”

이지란의 보고가 아니어도 동북군은 언제라도 전투태세에 돌입할 수 있었다. 거친 산야를 치달려도 낙오자가 없었으며 굳이 명령하지 않아도 알아서 움직이는 모습에 이성계도 흡족했다. 이성계가 마음껏 먹고 마실 것을 허락하자 동북군의 최정예가 우렁찬 함성으로 화답했다. 이런 병사들과 함께라면 어떤 적이라도 두렵지 않았다. 오늘 사냥에 나선 것은 북원北元과의 분쟁에 대비하여 기동력을 점검하고 사기를 끌어올리기 위한 것이었다. 비록 명明나라에게 밀려 북쪽의 변방으로 밀려갔어도 중원은 물론 한때 세계를 지배했던 원元 제국의 위력은 결코 무시할 수 없었다.

이성계에게 여러 차례에 걸쳐 격파당했고 요즘은 눈에 띄게 활동이 뜸했지만 북원이 언제 다시 대병력을 동원하여 침공할지 알 수 없었다. 반드시 북원이 아니어도 적은 넘치도록 많았다. 특히 왜구는 지긋

지긋한 놈들이었다. 그런 적들과 싸워 이기는 길은 오직 강하게 단련하는 것밖에 없었다. 이성계가 단련한 동북군은 고려 최강으로 손색이 없다고 할 것인데, 그들의 모습은 고려와는 이질적이었다. 놀랍게도 그들은 여진족이었다. 좀 전에 잔을 바친 의제이지란도 여진족이었으며 이성계 자신이 여진족이라고 해도 과언이 아니었다. 여진족과 함께 북방이 좁다고 설치던 이성계가 고려의 장수가 된 것은 조상 탓이었다.

이성계의 본관은 전라도 전주全州였다. 고조부 이안사李安社가 조정에서 파견한 산성별감山城別監과의 알력을 피해 백성을 이끌고 삼척三陟으로 이주했다가 다시 북방의 국경인 동북면에 이르렀는데, 조정에서 의주병마사宜州兵馬使로 삼아 원나라를 방어하게 했다. 그런데 이안사는 오히려 원나라에 투항하였고 이후 후손들이 쌍성총관부 관하의 함주에 자리잡게 되었다. 가문家門은 원나라의 관직인 다루가치를 세습하였다. 그러다가 이성계의 부친 이자춘의 대에 이르러 명나라가 발흥하여 원나라를 압박하게 되었다. 이번 기회에 원나라의 영향에서 벗어나려는 공민왕恭愍王의 뜻을 알아챈 이자춘이 내응內應할 뜻을 전하자 공민왕이 크게 기뻐했다. 이자춘이 내응하여 다시 고려로 들어오게 된 것은 공민왕 5년(1356)이었는데, 이때 이성계의 나이 스물하나였다. 그때는 외세의 압박이 극에 달할 무렵이어서 전쟁으로 날을 새웠다. 공민왕 9년(1360)에 이자춘이 죽은 다음에는 스스로의 힘으로 생존해야 했지만 전쟁은 이성계에게 가장 좋은 기회로 기능했다. 경위야 어쨌든 남을 죽여야 내가 사는 전쟁판에 발을 들인 이상에는 끝까지 갈 수밖에 없었다.

가을걷이가 끝난 전라도 나주 회진현會津縣의 들판에서 사십을 약간 넘어 보이는 강파른 사내가 이삭을 주웠다. 여인네와 아이들이 이미 여러 차례나 훑었기 때문에 이삭을 거의 찾을 수 없었다. 아침 겸 점심을 먹고 난 다음 계속 땅을 뒤졌지만 겨우 한 주먹도 줍지 못했다. 수고에 비해 형편없는 수확이었다. 차라리 쉬는 것이 나을 테지만 정도전鄭道傳은 집요하게 이삭을 추적했다. 잠시 허리를 폈다. 오래도록 굽혔던 척추가 우두둑거리며 튀었다. 허리를 두드리며 깊게 숨을 삼키자 내 것이 아닌 것 같았던 허리의 감각이 돌아왔다. 허리를 펴자 가장 먼저 눈에 띈 것은 평야의 끝에 아지랑이처럼 가물거리는 산맥이었다. 그가 나고 자란 경상도 영주榮州의 산골과는 사뭇 다른 풍광이었다. 사방이 거친 산악으로 막힌 영주와 시원하게 트인 나주는 전혀 다른 나라의 땅 같았다. 말과 습속은 물론, 마시는 물까지 다른 맛이 났지만, 고향과 가장 다른 점은 여기가 유배지流配地라는 것이었다.

지금은 비록 거칠게 짜낸 베옷을 입고 잡곡밥을 먹으며 농사를 짓고 있지만, 그는 고려 제일의 학자였다. 스무 살인 공민왕 11년(1362)에 과거에 급제하여 여러 벼슬을 지냈는데, 언제나 소신과 노선이 분명하고 타협이 없었다. 강력한 개혁정책과 친명배원親明排元을 추구하던 공민왕을 크게 존경하고 지지했던 정도전은 공민왕이 시해당한 이후에도 소신을 꺾지 않았다. 공민왕의 죽음으로 그간 추구했던 정책에 혼선이 왔을 때 그는 단호하게 친명親明 정책을 주장했다. 또한 공민왕의 죽음을 명明에게 알리고 대책을 논의할 것을 강력하게 주장했다. 그러나 전혀 그럴 생각이 없던 이인임 등의 친원파親元派는 정도전을 위험인물로 간주했다. 하마터면 큰일 날 뻔했는데, 그를 아끼던 이색李穡 등의 관료들이 만류하여 유배로 끝나게 된 것이었다.

정도전이 자신의 손을 바라보았다. 정몽주 외에는 적수가 없다는 학자의 손이 농부의 손으로 변해버리고 말았다. 몸에 익지 않은 고된 일에 치어 죽도록 앓기도 여러 차례였지만 그럴수록 혹독하게 자신을 몰아세웠다. 민초民草들의 고단한 삶을 체득하는 것이야말로 진정한 공부라고 확신했다. 백성의 삶에 조금도 근접하지 않으면서도 세상을 평안하게 할 경륜을 펴겠다는 자들은 사기꾼에 지나지 않았다. 죽을 때까지 유배가 풀리지 않을 수도 있었지만 자신이 먹을 것을 스스로 장만했다는 자체가 큰 보람이었다. 백성을 위한 정치를 펴지 못할 바에는 그들과 어깨를 부딪치며 살다가 가면 그만일 터였다.

바람이 불자 구름이 부스스 흩어졌다. 풍운風雲이 어떻게 형성되고 어디서 소멸되는지 알 수 없었지만 나라가 어디로 가는지는 짐작할 수 있었다. 그는 시대의 흐름과 자신의 용도를 정확히 파악하는 몇 되지 않는 사람이었다.

어그러진 삶

“각角 지게 연결하는 것을 맞춤이라고 하고, 길이 방향으로 연결하는 것을 이음이라 한다. 또한 각 지게 톱을 넣어 나이테가 보이게 절단하는 것을 자른다고 하고, 길이 방향으로 톱을 넣어 결이 보이게 절단하는 것을 켠다고 한다. 켜고 자르고 파내되 나무를 그대로 살려서 잇고 맞추는 것이 목수의 할 일이고, 망치와 대패와 끌 같은 모든 도구는 그것을 위해 사용되는 것이다.”

훈시를 마친 스승이 톱을 들어 나무를 자르고 켰다. 자를 때는 초일류의 무사가 벤 것처럼 순식간에 일직선으로 토막이 났으며 켤 때는 살아 있는 물고기에서 회를 떠내는 것처럼 부드럽고 우아했다. 제일의 솜씨를 자랑하는 여달이 보기에도 황홀하기조차 했다.

“그동안 배운 것을 보이도록 해라.”

가장 먼저 주어진 것은 대패였다. 작은 망치로 대

패의 양끝을 조심스레 두드려 날을 맞춘 다음 목재를 깎았다. 대팻날이 서걱서걱 움직일 때마다 나무가 아주 엷게 깎여나갔다. 일정한 넓이와 길이로 튀어나오는 대팻밥이 투명하게 비칠 정도였다. 잠시 호흡을 가다듬으려는데 어깨에 화끈한 고통이 떨어졌다.

"그것을 대패질이라고 하는 게냐? 너는 지금 단순히 목재의 표면을 깎아 내고 있을 따름이다! 대패질이란 필요 없는 부분을 덜어내어 마감하기 위한 것이지 네놈처럼 표면을 반들거리게 치장하는 것이 아니다! 그런 목재는 얼굴만 예쁘고 헤픈 계집에 불과하다! 그런 계집들이 오래가지 못하는 것처럼 네가 깎은 목재로 지은 집은 이대二代를 넘기지 못하고 주저앉을 것이다!"

사정없이 꾸짖던 스승이 이번에는 끌을 던졌다.

"장부구멍을 파라, 너비는 반촌이고 길이는 두촌일 푼이다."

직각으로 맞춰지는 용도의 장부구멍은 기본 중의 기본이었다. 각기 다른 치수의 십자구멍이나 안으로 갈수록 넓어지는 구멍도 눈 감고 파낼 수 있는 여달에게 지금 주어진 과제는 우습기조차 했다. 그러나 스승께 더욱 어려운 것을 내달라고 할 수는 없었다. 끌을 대고 갱기를 망치로 때렸다. 세 번쯤 쳤을 때 다시 어깨에 통증이 왔다. 이번에는 무엇으로 때렸는지 어깨가 내려앉는 것 같았다.

“끌은 구멍을 파는 게 아니라 공간을 만드는 도구라고 귀에 못이 박히도록 타일렀거늘 아직도 깨우치지 못했다는 말이냐!”

스승이 꾸짖을 때마다 몸이 옴츠러들었다. 처음 스승을 뵙게 된 열 살 무렵으로 돌아간 여달에게 사정없이 매가 떨어졌다. 꾸중과 매를 견디지 못한 여달이 비명을 지르며 달아났다. 갑자기 대목들이 나타나 앞을 가로막았다. 지게작대기 같은 매를 들고 따라오던 스승이 차갑게 비웃었다.

“겨우 이 정도밖에 안 되는 놈에게 어쩌다가 행수를 물려주었는지 모르겠구나.”

“자, 잘못했습니다! 제발 용서해 주십시오.”

“무엇을 어떻게 잘못했는지 네 입으로 말해 보아라.”

“그, 그것은…….”

여달이 우물쭈물하자 스승의 얼굴이 일그러지며 무섭게 변했다. 밤에 돌아다니며 사람을 잡아먹는다는 야차夜叉가 아마 저럴 것 같았다.

"한 가지만 물어보자. 회암사의 중건을 맡지 않은 이유가 대체 무엇이냐?"

"스승님의 가르침에 따른 것이었습니다. 그런 놈들과는 일하지 말라고 하시지……."

"닥치지 못하겠느냐! 어지간하면 용서하려 했더니 끝까지 나를 실망시키는구나!"

스승이 손짓하자 대목들이 덤벼들어 작두에 팔을 묶었다. 뭐라고 사정할 사이도 없이 시퍼런 작두가 팔을 썰었다. 차갑고 예리한 압력이 거침없이 팔뚝을 파고들었다.

"으아아악!"

여달이 벌떡 일어나 비명을 질렀다. 눈을 뜨자 악몽에서 벗어날 수 있었지만 작두에 썰린 팔뚝이 아직도 시큰거렸다. 봉창을 보니 아직 해가 떨어지려면 반나절은 남은 것 같았다. 일어나려던 여달이 휘청거렸다. 어제 마신 술이 아직 빠지지 않은 탓이었다. 비틀거리며 부엌으로 나간 여달이 항아리를 열었다. 항아리에는 곡식 대신 술이 그득 담겨 있었다.

개울물이 유난히 푸르렀다. 아낙들이 쪽을 들인

베를 빨아대는 탓이었다. 개울에서 잡물을 빼내 곱게 푸르러진 베를 인근의 염상染商으로 가져가야 했다. 물을 먹어 무거워진 베를 이고 나와 헹군 다음 다시 가져가는 것은 보통 고된 일이 아니었지만 워낙 일자리가 드문 탓에 그나마도 경쟁이 심했다. 겨우 일자리를 얻은 아낙들도 언제 떨어져 나갈지 몰라 애면글면할 만큼 세상이 갈수록 팍팍해졌다.

일을 마친 은애恩愛는 집으로 돌아가는 길이었다. 쑤시지 않는 곳이 없었지만 그래도 품삯이 나쁘지 않은 데다, 주인이 아낙들에게 다른 것을 요구하지 않아 다행이었다. 자루에 든 보리의 무게를 음미하던 은애는 차라리 아이가 없는 것이 다행스럽다고 생각했다. 갑자기 사내들이 앞을 가로막았다. 깜짝 놀란 은애가 보리자루를 등 뒤로 감췄다. 이것을 빼앗기는 날에는 곱다시 하루를 굶어야만 했다. 무뢰배로 보이는 두 명의 사내가 음흉한 눈초리로 은애의 몸을 훑었다. 아무래도 보리를 빼앗을 목적으로 길을 막은 것 같지 않았다. 겁에 질린 은애가 주춤거리며 뒷걸음질 치려는데 어느새 뒤에도 한 명이 서 있었다.

"소리를 지르겠어요!"

“얼마든지 질러봐. 강아지 새끼라도 나타나면 열손가락에 장을 지질 테니까.”

무뢰배들이 느물거리며 다가왔다. 그들의 말대로 소리를 질러봐야 아무런 소용도 없을 것이 분명했다.

“임자를 해치려는 게 아냐. 우리를 따라가면 편하게 먹고 살 수 있으니까 피곤하게 굴지 말고 따라오도록 해.”

말이 끝나기도 전에 보리자루가 뒤에 있던 자의 얼굴을 강타했다. 그자가 비틀거리는 틈을 타 은애가 옆으로 빠져나갔다. 기를 쓰고 뛰었지만 여자의 걸음으로 사내들을 따돌리기 어려웠다. 사내들이 은애를 빈집으로 잡아끌었다. 사람 살리라고 소리를 쳐도 개미새끼 하나 나타나지 않았다. 빈집으로 들어간 무뢰배들이 은애를 겁탈하려는 순간 누군가가 대문을 박차고 들어왔다.

“어디서 아녀자를 겁간하려는 것이냐! 당장 놓아주고 꺼지지 못할까?”

궁호가 크게 외쳤다. 무뢰배들이 덤벼들었다가 한 대씩 얻어맞고 널브러졌다. 쓰러진 놈들을 모질게 밟아버린 궁호가 은애를 데리고 나갔다.

"네가 이게 무슨 꼴이냐?"

"……."

"사지가 멀쩡한 자가 계집을 내보내는 주제에 매일 술에 절어 있으니 참으로 한심하구나."

"그렇게 말하지 마세요. 그 분은 좋은 분이시랍니다."

"좋기는 뭐가 좋으냐!"

궁호가 버럭 소리를 질렀다.

"한때는 우리의 행수였다는 자가 대체 그게 무슨 꼴이라는 말이냐! 내가 부끄러워 고개를 들고 다니지 못할 지경이다."

궁호가 크게 탄식했다. 그와 은애는 같은 집에서 살던 사이였다. 은애의 아비도 목수였는데, 은애가 세 살 무렵에 사고로 목숨을 잃었다. 그때 은애의 어미가 목을 매는 바람에 졸지에 고아가 된 것을 궁호의 부친이 거둬 함께 살게 된 것이었다. 궁호는 어려서부터 은애를 좋아했고 은애도 궁호를 친오빠처럼 따랐다. 나중에 어른이 되면 부부가 되자고 철석같이 약조를 하기까지 했는데, 여달이 들어오면서부터 모든 것이 깨져버렸다. 궁호의 부친이 은애를 여달과 혼례를 치르게 했을 때 은애를 데리고 멀리

도망칠 생각까지 했을 정도였다.

"이것 받거라."

궁호가 묵직한 것을 내밀었다.

"고맙지만 받을 수 없어요."

은애가 단호하게 고개를 저었다.

"정 도와주시려거든 국밥집이라도 알아봐 주세요."

"왜 이러는 거냐? 정말 그놈과 함께 굶어죽고 싶으냐!"

"그분은 저와 가시버시예요! 그런 식으로 함부로 말하지 마세요."

차갑게 응수한 은애가 궁호를 외면하고 빠르게 걸었다. 궁호가 은애의 앞을 가로막았다.

"은애야! 나를 따라 돌아가자!"

"그게 무슨 뜻이죠?"

"나와 함께 살자는 뜻이다! 내가 지금까지 왜 혼인을 치르지 않았는지는 네가 가장 잘 알지 않느냐?"

궁호가 애틋하게 말했다. 이렇게 자존심을 버리고 솔직하게 말한 것은 태어나서 처음이었다.

"저 역시 오라버니를 사랑해요. 처음 만났을 때부터 지금까지 오라버니를 사랑하는 마음은 똑같을 거예요.”

은애가 잔잔하게 웃으며 말하자 궁호가 숨김없이 기뻐했다.

“하지만 그분께는 제가 필요해요. 제가 없으면 그분은 하루도 견디지 못하실 겁니다.”

은애를 끌어안으려던 궁호가 얼어 죽은 시체처럼 딱딱하게 굳어졌다. 멍하게 은애를 바라보던 궁호가 털썩 주저앉았다.

“이걸 집이라고 짓는 게냐? 너희들은 목수가 아니라 밥벌레들이다!”

제법 큰 집을 짓는 곳에 나타난 여달이 다짜고짜 욕설을 퍼부었다.

“그걸 대패질이라고 하는 게냐! 원숭이가 해도 그것보다는 낫겠다, 허허. 그렇게 마구 끌을 치다가는 제대로 들어맞지 않아 이음매가 갈라질 터인데 대체 어느 놈이 그렇게 하라고 가르치더냐? 그리고 망치질은 왜 그리 서투른가! 그렇게 내리치다가는 오늘 중으로 네놈의 손목이 부러지고야 말 것이다, 싸구려를 들여다 마름질하는 품새를 보아하니 십년도 못 가 대들보가 무너질 게 뻔하다. 네놈들은 목수가 아니라 개새끼에다 사기꾼이며 도둑놈들이다!"

술 썩는 냄새를 펄펄 풍기는 여달이 마구잡이로 행패를 부리자 참다못한 목수들이 우르르 덤벼들었다. 술에 취한데다 여럿이 덤벼드는 바람에 여달은 죽도록 얻어맞았다.

은애가 돌아오다가 그것을 발견하고 달려갔다. 겨우 뜯어말렸지만 여달은 이미 피투성이가 된 다음이었다. 은애가 겨우 부축하여 돌아오는 길에도 여달의 주정은 그치지 않았다. 집에 돌아온 여달이 다시 술을 들이켰다. 들이키는 것이 아니라 퍼 넣는 것 같았다. 배가 부르도록 퍼 넣은 술이 혈관을 타고 오르자 그제야 살 것 같다는 표정이 되어 모로 쓰러졌다.

끝없는 전쟁

중신들이 다급한 기색으로 연경궁에 모여들었다. 최근 연산의 개태사에 왜구가 침입하였는데, 원수로 임명되어 나간 박인계朴仁桂가 크게 패했다는 급보가 닿았기 때문에 긴급히 소집된 것이었다. 정전正殿에 앉은 어린 왕이 안절부절 하지 못했다. 부친 공민왕을 이어 즉위한 이후 처음 맞는 전란에 열 살을 갓 넘은 우왕禑王이 새파랗게 질렸다.

"수문하시중守門下侍中께서는 뭐라고 말씀을 좀 해 보세요."

우왕의 재촉을 받은 이인임이 난감한 표정을 지었다. 공민왕이 죽은 이후 권력을 잡은 이인임은 내정內政이나 좌지우지할 줄 알았지 전쟁까지 책임질 생각은 전혀 없었다. 예전에는 홍건적과 싸워 격퇴한 적도 있었고 반군들을 제압한 공도 있었지만, 그것은 어디까지나 예전의 이야기일 따름이었다. 이인임이 미치지 않은 다음에야 직접 출전할 리가 만무한데, 그에게 통사정하는 어린 우왕이 참으로 측은했다. 보다 못한 최영이 나섰다.

"전하, 신을 보내주시옵소서!"

"아, 판삼사사判三司事가 아니십니까? 이제는 안심입니다."

우왕이 살았다는 표정을 지었다.

"전하와 조정은 걱정 마시고 다녀오시오."

이인임이 빙그레 웃으며 말하자 최영이 쓰게 웃으며 나갔다.

동북면에도 비상이 걸렸다. 전령이 사방으로 달리고 부대가 전투태세에 들어갔다.

"박인계, 멍청한 놈 같으니!"

이성계가 비분하여 탁자를 내리쳤다.

"흥분할 필요 없다. 이미 그렇게 된 것을 어쩌겠는가."

형 이원계李元桂가 웃으며 말했다. 어머니가 모두 다른 삼형제 가운데 장남인 이원계는 언제나 침착하고 신중하였으며, 이성계를 다독이고 격려했다. 이성계가 이룬 무공 가운데 상당 부분이 이원계의 몫이었지만 그것을 내세우는 법이 없었다.

“이미 최영 장군이 내려갔다고 하니 좋은 소식이 있을 것이야.”

“그렇지만 우리도 가만히 있을 수는 없지 않겠습니까?”

이원계가 가만히 생각하다가 방안을 제시했다.

“설마 최영 장군이 패배하지는 않겠지만 우리도 대비하는 것이 좋을 듯싶다. 여기는 내가 맡을 테니 너는 지란이와 함께 출격 준비를 하는 것이 어떻겠느냐?”

“그렇게 하는 것이 좋겠습니다.”

이원계가 일단의 병력을 맡아 북원을 경계하고 이성계와 이지란이 주력을 대동하여 출격에 대비하는 것으로 낙착되었다. 최정예의 동북군이 창검을 번득이며 명령을 기다렸다.

“두려워 마라! 군령軍令에 따르지 않는 자는 즉참卽斬으로 다스릴 것이다!”

최영이 목이 터지도록 독전했다. 연산 일대를 유린한 왜구를 추격하다 홍산(鴻山, 부여)에서 맞닥뜨린 고려군이 전투준비에 들어갔다. 미처 전열을 가다듬기도 전에 왜구들이 정면으로 도전했다. 이미 박인계의 부대를 격파한 왜구들은 자신감이 넘쳤다. 오천에 달하는 병력을 일시에 집중시켜 고려군을 양단兩斷한 다음 각개격파를 노릴 의도가 빤하게 보였다. 사람 같지 않은 함성을 지르며 쇄도하는 왜구들에게 기가 질린 신병新兵들이 오줌을 지리며 벌벌 떨었다.

"쏴라!"

화살이 까맣게 날아갔다. 소나기처럼 퍼붓는 화살 세례에 잇달아 쓰러지면서도 왜구들은 계속 다가왔다. 전진하는 탄력에 광기狂氣가 더해지자 기세가 무시무시했다. 미처 목책木柵과 참호를 구축할 여유가 없었던 고려군이 위기에 빠졌다. 일단 밀리게 되면 그대로 박살날 것이 분명했다. 전열에 균열이 발생할 순간, 일단의 중기병重騎兵들이 사납게 뛰쳐나왔다. 최영이 심혈을 다해 기른 중기병이 쐐기 대형으로 적에게 격돌했다. 대부분이 보병으로 구성된 왜구들이 크게 당황했다. 중기병이 달리는 곳에는 그대로 길이 나버렸다. 중기병이 왜구의 돌격을 저지하자 이번에는 경기병輕騎兵들이 뛰어나왔다. 적의 우측면으로 돌아들어간 경기병들이 단궁短弓을 퍼부었다. 창을 던져도 맞을 거리에서 쏘아대는 단궁은 백발백중이었다. 자신 있게 덤벼들었던 정면이 가로막힌 데다 측면을 강타당한 왜구들이 우왕좌왕했다. 선두가 등을 돌리고 우측면이 안으로 밀리자 무질서하게 뒤엉켜버렸다. 아직도 대부분이 건재한 중기병이 다시 한바탕 휘젓고 경기병의 무차별 사격이 적을 난타했다. 견디다 못한 왜구들이 마침내 대오를 흩뜨리고 달아나는 순간, 최영이 총공격을 명령했다. 사기충천한 보병들이 함성을 지르며 적에게 달려들었다. 잠시 전투가 벌어지는 것 같다가 일방적인 도살로 변했다. 모두가 앞다투어 왜적을 죽였다. 홍산의 벌판에 피와 죽음이 풍족하게 넘실거렸다. 처참한 비명이 잦아든 다음 부장副將들이 앞다투어 대승의 전과를 보고할 때 최영은 묵묵히 고개를 끄덕였다.

비밀의 자락

술이 떨어진 여달이 어쩔 줄 모르고 헤맸다. 술항아리가 깨끗이 빈 것은 오늘 아침이었다. 제법 술이 있었기 때문에 사흘은 버티려니 생각했지만 어제 저녁부터 새벽까지 줄기차게 퍼마시다 보니 그만 바닥이 드러나고 말았다. 항아리에 물을 부어 마셔 보아도 냄새만 약간 풍길 뿐이었다. 그것이 더욱 여달을 미치게 만들었다. 술과 바꿀 만한 것이 있나 뒤져보았지만 그런 것이 나올 턱이 없었다. 예전에 마을을 떠날 때 긍호가 주었던 은덩이까지 생각날 지경이었다.

"우우욱!"

술에 길들여진 속에서 구역질이 치밀었다. 곧 팔이 덜덜 떨리고 삭신이 오그라들었다. 주리를 트는 것처럼 팔다리가 뒤꼬였다. 절로 비명이 터졌다. 엄청난 고통에 하마터면 혀를 깨물 뻔했다. 술 한 사발이면 이 무서운 고통에서 벗어날 수 있을 터이다. 목수

마을로 돌아가 사정해볼까도 생각했다. 예전의 정을 보아서라도 술값이나마 달라고 사정하면 몇 푼은 얻을 수도 있지 않겠는가. 그렇게 생각하자 다리가 저절로 움직였다. 싸리문을 나선 여달의 다리가 목수마을로 달리기 시작했다. 여달이 필사적으로 저항했다. 이런 꼴로 돌아가서 무엇을 하겠다는 것인가. 죽으면 죽었지 돌아갈 수 없었다. 마지막 남은 자존심을 끌어 올려 다리를 저지했다. 겨우 싸리문으로 돌아왔지만 다리가 또 말을 듣지 않았다. 게다가 이번에는 머리까지 동조하려고 했다. 자존심이 술 먹여 주느냐고 은근히 속삭이자 최후의 인내가 무너지려고 했다. 여달이 이를 악물고 땅바닥을 기었다. 다행히 팔은 아직 말을 듣고 있었다. 그러나 언제 팔까지 다리에게 동조할지 알 수 없었다.

불과 열 걸음도 되지 않는 부엌까지가 수 백리나 되는 것 같았다. 죽을힘을 다해 부엌에 들어온 여달이 칼을 움켜잡았다. 신들린 무당처럼 부들부들 떨리는 손에 잡힌 칼이 가파르게 춤을 추었다. 목수마을로 달리지 않는 방법은 오직 하나밖에 없었다. 주인의 말을 듣지 않고 제멋대로 움직이는 다리를 막아야만 했다. 힘껏 허벅지를 내리찍었는데 칼이 살에 박히기 직전에 손이 딱 멈췄다. 누군가가 밀어올리기라도 하는 것처럼 칼을 잡은 손이 스르르 올라왔다. 꿀 같이 달콤한 목소리가 그러지 말고 본능에 맡기면 모든 것이 잘 될 수 있다고 속삭였다. 정말 거부하기 어려운 유혹이었다. 양귀비가 나체로 유혹해도 이렇지는 않을 것 같았다. 슬며시 칼을 놓으려던 여달의 손이 번개처럼 움직였다. 허벅지에 날카롭고 화끈한 고통이 틀어박히는 동시에 붉은 피가 터졌다. 생살이 찢기는 극심한 고통에 술 생각이 희석되었다. 절뚝이며 부엌을 나선 여달의 눈에 창백한 반달이 비쳤다.

일터에서 돌아오는 은애의 걸음이 몹시 가벼웠다. 긍호가 소개해 준 국밥집의 일은 몹시 힘들었지만 먹다 남은 밥과 찬을 챙길 수 있어서 훨씬 살림이 피었다. 게다가 오늘은 술 찌꺼기까지 얻었다. 먹을 것이 떨어져도 술이 떨어지면 안 되는 여달에게 술 찌꺼기는 보약과 같았다. 누룩도 구했으니 밤을 도와 술을 담그면 여달을 기쁘게 해줄 수 있을 것이었다. 여달이 기뻐하는 모습을 상상하며 걸음을 줄이다보니 어느새 집에 닿았다. 싸리문에 들어서려던 은애가 흠칫 놀랐다. 평소와는 사뭇 다른 불길한 기운이 떠도는 것 같았다. 더듬거리며 부엌에 들어가 등잔을 켠 은애가 기겁을 했다. 바닥이 온통 피투성이였다. 호랑이나 표범이 사람을 물어가도 이상할 것이 없는 세상이었다. 떨리는 목소리로 여달을 불러도 대답이 없었다. 다행히 달이 밝았다. 덜컥 멎을 것만 같은 가슴을 억누르고 핏자국을 따라갔다. 핏자국은 뒤꼍으로 이어지고 있었다. 뒤꼍의 어둠 속에서 희끄무레한 것이 보였다. 금방이라도 터질 것 같은 비명을 간신히 참은 은애가 조심스레 다가갔다. 충분히 거리가 가까워지자 형체가 명확하게 보였다. 아랫도리가 피투성이가 된 여달이 도끼로 자신의 팔목을 찍으려고 하는 것이 아닌가!

"안돼요!"

여달이 도끼를 내리치는 순간 은애가 몸을 던져 밀쳤다. 어긋난 도끼가 돌멩이에 맞아 불이 튀었다. 조금만 늦었더라면 여달의 팔목은 날아가고 말았을 것이다. 그것으로 그치지 않고 목숨마저 잃었을 터인데도 여달은 그저 멍하게 은애를 바라볼 뿐이었다.

"왜 이런 짓을 하세요! 왜?"

은애가 왈칵 눈물을 쏟았다. 묵묵히 은애를 바라보던 여달이 침중하게 말했다.

"나는 당신 곁에 있을 자격이 없는 사람이오. 당신을 자유롭게 만들어주는 길은 이것밖에 없다고 판단했을 뿐이오."

여달이 손을 들어 보였다.

"죽기 전에 이것을 잘라내고 싶었지. 일도 하지 못하는 주제에 밤낮 술그릇이나 들어 올리던 것을 죽어서까지 가져갈 생각은 없었으니까."

"……."

"어차피 나는 죽은 목숨이오. 지금이라도 당신을 보내는 것이 그나마 내가 해줄 수 있는 전부라고 생각하오. 당신을 사랑하는 사람에게 가도록 하구려."

여달이 다시 도끼를 움켜잡았다.

"왜 그런 말을 하세요? 나는 당신에게 많은 것을 바라지 않아요. 일을 하지 않아도 좋고 술을 마셔도 좋으니 곁에 있어만 주면 된답니다. 제발 앞으로는 이러지 마세요."

은애가 서럽게 울며 매달렸다. 한동안 말이 없던 여달이 은애를 부둥켜안고 함께 울었다.

초겨울 바람이 제법 맵쌌다. 최영崔瑩의 자택에는 모처럼 활기가 넘쳤다. 이성계가 방문하여 벌어진 술자리가 밤이 이슥해도 그치지 않았다. 최영이 이성계에게 다시 잔을 돌렸다. 작년에 최영이 큰 공을 세운 데 이어 올해는 이성계가 두드러졌다. 올해 강화와 통진에 왜구가 침입하자 이성계가 서강부원수西江副元帥로 참전하였는데, 그야말로 군계일학이었다. 도통사都統使로 나선 최영은 흐뭇한 얼굴로 이성계가 적을 도살하는 것을 지켜보았을 따름이었다. 그동안 이성계가 세운 공은 실로 출중했다. 이성계가 최영보다 모자란 것은 나이밖에 없을 것이라는 소문이 돌 정도였다. 최영이 보기에도 이성계의 실력은 타의 추종을 불허했다. 용맹과 지략은 말할 것도 없었고 특히 활은 신궁神弓 그 자체였다. 전쟁터에서 평생을 보냈다고 해도 과언이 아닌 최영조차도 이성계와 적이 되어 맞닥뜨린다고 가정하면 소름이 돋을 지경이었다.

"그래, 자제들은 어떤가?"

언뜻 나온 말에 이성계가 밝게 웃었다. 이성계는 아내 최씨와의 사이에서 6남 2녀를 둔 아비였다. 자식들 가운데 장남 방우는 이미 스물 둘이었으며 열

살을 갓 넘은 다섯 째 방원이가 영특하기 짝이 없었다.

"허허, 장남이 벌써 스물을 넘겼는데 아직도 출사하지 못했다니 그래서야 쓰겠는가?"

"자질이 우둔하여 급제하지 못했으니 누구를 탓하겠습니까?"

"아닐세, 자네의 공을 보아서는 당연히 음서蔭敍의 혜택을 누려야 마땅하지 않겠는가? 그럼에도 불구하고 아직까지도 자제가 출사하지 못했다는 것은 문제가 있는 것일세. 내일 입궐하는 즉시 바로잡도록 할 것이네."

공신功臣이나 고관의 자식들은 과거에 급제하지 않더라도 음서蔭敍라고 하여 벼슬을 얻을 수 있었다. 대부분의 고관들이 음서를 통해 자식들을 출세시키는 세상에 이성계 같은 용장의 아들이 스물둘에 이르도록 출사하지 못했다는 것은 말이 되지 않았다. 특히 공민왕 시절에 단성양절익대공신端誠亮節翊戴功臣의 칭호를 받은 데다, 정 3품의 밀직부사密直副使를 역임하고 종 2품의 문하성지사門下省知事를 제수 받았으니 자격은 충분했다. 공이 없다고 해도 부친 이자춘을 보아서라도 음서를 내려야 할 텐데, 아직도 장남이 출사하지 못하고 있다는 것은 누가 보아도 문제가 있었다.

"그토록 큰 공을 세웠는데도 음서도 주지 않았으니 얼마나 서운했겠는가. 나의 불찰이니 너그럽게 용서하게나."

"아닙니다! 나라를 위해 언제라도 목숨을 바쳐야 할 장수된 자가 어찌 그런 것을 탐하며 서운하게 생각할 수 있다는 말입니까? 그런 말씀은 거두어 주십시오."

이성계가 짐짓 정색을 했다. 너무하다 싶은 겸양은 가문에 대한 경계일 것이다, 자식들을 음서로 출사시킬 자격이 차고도 넘치는 이성계에게 그에 따른 혜택이 주어지지 않는 것은 변절자의 후손인 탓이었다. 고조부 이안사는 국경을 지키는 병마사의 직분을 저버리고 원나라에 투항한 최악의 배반자였으며, 이자춘도 따지고 보면 원나라를 배반한 것에 지나지 않았다. 그때 원나라가 고려를 경계하여 고려 출신의 이주민들에 대한 별도의 호적을 만드는 등의 차별 정책을 실시하지 않았다면 이자춘이 4대나 살았던 원나라를 배반하여 고려로 귀순하지 않았을 것이다. 누가 보아도 더러운 배반자의 가문이 분명한데, 워낙 상황이 다급했기 때문에 표면화되지 않을 뿐이었다. 나중에 상황이 안정되어 정국이 정상적으로 운영될 수 있다면 이성계가 설 자리는 없을 것이었다. 설령 이성계의 가문이 충신열사를 줄줄이 배출한 명문이라고 해도 공이 큰 장수는 토사구팽兎死狗烹 당하기 쉬운 만큼, 이성계가 필요 이상의 영달을 경계하는 것은 충분히 이해할 수 있었다. 그것은 최영이 그를 아끼는 또 하나의 이유이기도 했다.

무학이 지리산 상원사上院寺에서 묵묵히 눈을 쓸었다. 살을 뜯어내는 것 같은 지리산의 바람을 맞으며 발목까지 쌓인 눈을 치우는 것은 절에서 잔뼈가 굵은 불목하니들에게도 만만치 않은 고력苦力이었다. 입김마저 얼어붙는 혹한 속에서 맨손으로 대나무 빗자루를 잡고 눈을 쓰노라니 팔한지옥八寒地獄에 와 있는 것 같은 착각마저 들었다. 형언할 수 없는 고통을 스스로의 완성을 위한 고행苦行으로 여기고 달게 받아들이는 무학에게서 범접하기 어려운 기운이 피어났다. 한참 눈을 쓰는데 느닷없는 기침소리에 적막이 갈라졌다. 짚고 있는 지팡이보다 그리 나을 것도 없어 보이는 노승이 메마른 기침을 토했다.

"왜 나오셨습니까?"

무학이 급히 달려가 노승을 부축했다. 당장이라도 숨을 놓을 것 같은 몰골의 노승이 내장을 토해낼 것처럼 심한 기침을 터뜨렸다. 그를 바라보는 승려들은 귀찮다는 기색을 감추지 않았다. 무학이 노승을 업어 자신의 거처로 향했다. 이불을 깔고 누인 다음 장작을 크게 지폈다.

"여기에 가만히 계시라고 하지 않았습니까? 우선 더운물이라도 드십시오."

무학이 책망하자 노승이 힘없이 웃었다. 무학에게 사숙師叔이 되는 노승은 상원사의 승려가 아니었다. 개태사의 상좌로 있다가 작년에 왜구가 침범하여 쑥밭이 되는 바람에 절을 떠나 상원사까지 오게 된 것이다. 한 곳에 머물지 못하고 여기저기 떠돌다가 상원사에 오게 된 무학은 천덕꾸러기가 되어 있는 노승을 보고 크게 놀랐다. 처음 출가했을 때 유난히 귀여워해 주던 그가 목숨이 경각에 달린 것을 보고는 안온한 동안거冬安居를 마다하고 수발을 들게 된 것이었다. 상원사에서는 성격이 불같아 무슨 짓을 저지를지 모르는 무학이 얌전하게 있는 것만 해도 다행스럽게 여겼다.

"나는 괜찮으니 어서 가서 정진하도록 해라."

"그런 걱정 마시고 몸이나 잘 간수하십시오."

"내가 살면 얼마나 살겠느냐? 사람의 몸을 빌려 태어난 이상에는 어차피 한 번은 죽게 되어 있는 것이니 기쁘게 받아들일 뿐이다."

"죽을 때 죽더라도 편안하게 가십시오."

"그놈의 고집은 여전하구나."

대견한 아들을 보는 부모처럼 노승이 기쁘게 웃었다.

"죽기 전에 말하고 싶은 것이 있다."

노승이 잔잔하게 과거의 비밀을 말했다.

"개태사에 그런 비밀이 있었습니까?"

"그동안 마음에 담아두노라니 무척 답답하였다. 차라리 모르는 것이 좋았을 터인데……."

"그 비밀을 아는 사람이 또 있습니까?"

"아마 없을 것이다. 알만한 자들은 늙어 죽었거나 저번에 침입한 왜구들에게 몰살당했으니까."

힘겹게 말을 마친 노승의 몸에서 그나마 약간 있던 생기가 급격히 빠져나갔다. 무학이 급히 맥을 잡아 원기를 불어넣으려는데 노승이 고개를 흔들어 만류

했다.

“비밀을 끝까지 가져가지 못하는 것을 보니 나도 성불成佛하기는 틀린 것 같구나. 나 같은 중놈에게는 다비茶毘도 과분하니 산에다 내버려 굶주린 짐승들의 배라도 채워주도록 해라.”

말을 마친 노승이 조용히 눈을 감았다. 무학이 정중하게 합장했다.

새 출발

우왕 4년(1378), 농한기에 들어가는 늦가을에도 여달은 바쁘게 일했다. 구들장을 놓기도 했고 예성강에 나가 그물질을 하기도 했다. 곡식을 팔 수 있는 일이라면 가리지 않았지만 특히 나무에 관련된 것에서는 눈부셨다. 부서진 창틀이나 마루는 잠깐 손대는 것으로 튼튼하게 고쳤으며, 도리깨와 절굿공이도 잘 만들었다. 망가진 수레바퀴 같은 것도 척척 고쳤다. 머지않아 인근에서 가장 바쁜 사람이 되었는데, 맡은 일만 해주는 것으로 마치지 않고 그 집의 식칼이나 가위 같은 것들도 갈아주었다. 여달이 갈아준 칼과 가위는 예리하고 오래가기로 소문이 나는 바람에 그것만 갈아주어도 어지간한 품삯이 나올 정도였다. 그뿐 아니라 성실하고 정직하기로도 으뜸이어서 주변의 칭송을 한 몸에 받았다.

"이제 오세요?"

은애가 얼른 달려가 도구를 받았다. 우물에서 얼

굴을 씻고 저녁상을 받았다. 수수가 반이나 섞인 보리밥에 강된장에다 짠지와 나물 두어 가지가 전부였지만 세상에 부러울 것 없는 성찬이었다. 이제 은애는 힘들게 나가 일하지 않아도 되었지만, 그것보다는 여달이 술을 끊고 마음을 고친 것이 더욱 기뻤다.

"낮에 관원들이 찾아왔었어요."

"무슨 일로?"

"이제는 세금을 바쳐야 한다고 그러네요."

"허허, 차라리 벼룩의 간을 내먹으라고 말하지 그랬소?"

어이가 없었지만 관원에게 맞서서 좋을 것은 없었다. 세금을 내기 전에 관원을 찾아가 집안의 일을 거들어주어 세금을 줄여볼 생각이었다.

"의원에게 말해 놓았으니 내일 찾아가보도록 해요."

여달의 말에 은애가 얼굴을 붉혔다. 다른 것은 몰라도 자식을 가지는 것은 마음대로 되지 않았다. 여달이 좋게 웃으며 은애를 다독였다.

"제기랄 놈 같으니."

궁호가 잔뜩 취했다. 궁호는 여달이 정신을 차리고 은애에게 잘 해주는 것을 바라지 않는 유일한 사람이었다. 여달이 계속 술을 퍼먹다가 뒈져 버려야 은애를 차지할 수 있는데, 그 길이 막혀버리고 말았으니 통탄할 노릇이었다. 그래도 둘 사이에 아기가 없는 것은 매우 좋은 일이었다. 원인은 여달에게 있는 것이 분명했다. 드물게 나타나는 뛰어난 실력의 목수들은 대부분 자식이 없었는데, 씨를 만들 힘까지 그쪽으로 빨려버린 탓이었다. 여달도 그 범주에서 그리 벗어나지 못한다고 생각하니 적지 않은 위안이 되었다.

"제기랄 놈 같으니!"

그 제기랄 놈 때문에 툭하면 취해야 했다. 이러다가는 궁호가 여달처럼 전락할지도 몰랐다. 여달은 증오스러운 이상으로 이해하기 어려운 놈이었다. 가장 이해가 가지 않는 것은 왜 행수를 그만두었냐는 점이었다. 회암사에서 요구한 것이 그리 마음에 들지 않기는 해도, 요즘 세상에 그렇게 요구하지 않는 곳이 드물었다. 그냥 회암사가 원하는 대로 해주었으면 이름도 떨치고 식솔들도 배부르게 먹일 수 있었지 않은가. 도편수로서 반드시 필요한 경력이 거찰의 신축과 중건인 만큼, 실력에 비해 부족한 경력은 회암사의 중건으로 충분히 만회할 수 있었다. 회암사를 잘 끝내면 계속 대목들의 신임을 받을 수 있는데다, 그것을 발판으로 계속 뻗어나갈 수 있지 않은가. 그야말로 누이 좋고 매부 좋고 꿩 먹고 알 먹는 행운을 걷어찬 것은 도무지 이해되지 않았다. 그것으로 끝나지 않고 행수를 내놓고 마을을 떠나야 했으니 그때의 여달은 아무래도 제정신이 아닌 것 같았다.

어쨌든 궁호에게는 잘 된 일이었다. 궁호는 파약破約에 따른 배상을 요구하고 다른 곳에 넘기겠다는 회암사와 담판하여 파약을 철회시킨 다음 중건을 지휘하여 큰 이문을 남겼다. 궁호의 수완에 감탄한 대목들이 궁호를 행수로 인정하였으며 이후에도 확실하게 보여주어 지위를 굳힐 수 있었으니 어찌 여달에게 감사하지 않겠는가, 게다가 은애까지 얻을 수 있는 기회까지 생겼다. 비록 은애의 결심이 확고하다고 해도 아이가 없는 이상에는 여달이 죽게 되면 어쩔 수 없이 돌아올 것이라고 확신했다. 감이 떨어지기만을 기다리고 있었는데, 역시 여달은 이해하지 못할 놈이었다. 거의 폐인이 되다시피 했던 여달이 정신을 차리더니 마음을 고쳐먹고 열심히 일하며 은애에게 잘 해주는 것이 아닌가? 그럴 것 같았으면 처음부터 잘하면 될 것이었다. 그랬다면 모진 고생을 할 필요도 없었는데, 갖은 고생을 다 해놓고 이제 와서야 제대로 처신하는 것은 또 무슨 미친 짓이라는 말인가. 정말 알 수 없는 놈이었다.

궁호가 느닷없이 탁자를 내리쳤다. 잔이 쥐여진 채로 깨지는 바람에 피가 철철 흐르는데도 전혀 느끼지 못하는 것 같았다. 등잔을 노려보는 궁호의 눈이 무섭게 빛났다.

함주의 연병장에서 큰 잔치가 벌어졌다. 하늘에 닿을 듯 이글거리는 화톳불에 사냥한 짐승들이 통으로 구워졌다. 아낌없이 술독을 열어 푸짐하게 먹고 마신 병사들이 여진족의 노래를 부르며 춤을 추었다. 따지고 보면 이성계도 여진족이었다. 조상들이 여러 대에 걸쳐 뿌리를 박았으며 이성계도 그 땅에서 태어나 스무 살이 넘도록 살았던 만큼, 여진족의 말과 습성에 익숙한 것은 당연했다. 부친을 따라 처음 개경에 왔을 때 고려 말을 알아듣지 못해 애를 먹었던 것이 새삼스러웠다.

"왜 한 잔도 하지 않으십니까?"

부인 한씨가 웃으며 술이 담긴 바가지를 내밀었다. 이곳에서 만나 혼인한 한씨는 후덕하고 자상했다. 지금 병사들이 마시는 술도 한씨가 담근 것이었다. 한씨는 사냥이나 훈련을 마칠 때마다 노복들에게 음식을 장만하게 하여 사기를 높여주었다.

"활 좀 만져 봐도 돼요?"

열한 살이 된 방원이가 눈을 빛내며 다가왔다. 웃으며 강궁을 건네주자 방원은 신이 나서 달려왔다. 방원이가 키보다 더 커 보이는 강궁을 받아들고 비척거리다가 그만 쓰러지고 말았다. 나이치고는 제법 근골이 컸어도 이십 근이 넘게 나가는 강궁은 너무나 버거웠다. 왁자한 웃음이 터지자 방원의 얼굴이 시뻘겋게 염색되었다. 이번에는 겨우 강궁을 들었다. 이를 악물고 시위를 당기려고 했지만 강궁은 요지부동이었다. 장정 세 명이 힘을 합쳐야 약간 당길 수 있는 이성계의 강궁이 철부지의 힘에 움직일 리가 만무했다. 이마의 심줄이 터질 것처럼 용을 쓰다가 활의 무게를 감당하지 못하고 또 엎어지고 말았다. 이번에는 활의 끝에 발등을 호되게 찧고 말았다. 견디지 못하면 놓아버리면 될 것을 끝까지 잡고 있다가 횡액을 자초한 것이었다. 피가 배어 나오는 것을 보니 상처가 가볍지 않은 것 같았다. 놀란 노복들이 달려와서 신발을 벗기려 해도 방원은 한사코 손을 뿌리쳤다.

"장군을 그대로 닮지 않았습니까?"

한씨의 말에 이성계가 쓰게 웃었다. 자식들 가운데 가장 똑똑하여 기대가 컸지만 너무 집요하여 한 번 마음먹은 것은 어떻게든 관철시키는데다, 전혀 양보가 없었다. 몇 번이나 따끔하게 버릇을 고치려 했지만 그때뿐이어서 적지 않은 골칫거리였다.

"저놈은 무인이 되면 안 될 것이오. 반드시 글로 나가야만 할 놈이오."

"그래야지요."

어느 부모가 자식을 힘들고 위험한 무인이 되기를 바라겠는가. 그러나 문재文才를 가진 아들이 없었다. 장남 방우는 최영이 힘을 써 준 덕택에 음서로 출사했지만 계속 신세를 질 수는 없었다. 차남들부터는 어쩔 수 없이 군대에서 잔뼈가 굵어야 할 것이다. 자식이 위험한 곳에서 고생하는 것이 흔쾌할 아비가 어디 있겠는가. 생각만 해도 한숨이 나왔는데, 그래도 방원이는 글이 되는 것 같았다. 얼마간 희망을 가져볼 만하였는데, 저렇게 한사코 아비를 닮으려 하니 걱정이 아닐 수 없었다.

"이제 돌아오셨어요?"

둘째 부인 강씨가 반가이 맞았다. 10년 전에 맞은 두 번째 부인은 본처 한씨에게 비할 바 없이 젊고 아름다웠다. 그냥 살기에는 후덕하고 자식도 많이 낳아준 한씨로 충분했지만, 일단 그 바닥에 발을 들인 이상에는 등을 기댈 언덕이 필요했다. 빙장聘丈 강윤성康允成은 충혜왕과 충목왕 대에 정 2품인 찬성사를 지냈고, 공민왕 초에는 종일품 판삼사사判三司事까지 역임한 사람이었다. 강윤성의 아들과 친척들도 고관이 많았다. 당시의 권문權門이 거의 그렇듯이 강윤성의 일가도 원나라를 등에 업고 전횡하는 부원배附元輩였다. 자주를 표방한 공민왕이 부원배를 척결할 때 큰 피해를 당했지만 머지않아 예전의 위세를 회복했다. 공민왕 12년에 김용이 일으킨 '흥왕사의 변' 당시에 공민왕이 강윤성의 아들 강득룡의 집을 행궁으로 삼아 두 달 가량이나 지낸 것을 보면 위세를 충분히 알 수 있지 않은가. 그런 강윤성이 이성계에게 자신의 둘째 딸을 주어 사위로 삼은 것은 매우 의미가 심장했다.

"고단하실 텐데 자리를 펼까요?"

"술상이나 보구려."

강씨가 노복들에게 크게 소리쳐서 술상을 보게 했다. 한씨 같으면 직접 술상을 보았을 텐데 강씨는 절대 그런 법이 없었다. 오늘도 한씨가 직접 담근 술과 음식을 가져와 병사들의 사기를 높였는데 비해 강씨는 손가락에 물방울조차 묻히지 않았다. 지금도 한씨가 보건 말건 이성계를 잡아끌고 들어와 술상을 보라고 외치고 있으니 누가 본처고 후처인지 알 수 없을 지경이었다. 개경에서 버릇없이 자란 티가 너무나 역력하여 절로 한숨이 났지만 그렇다고 뭐라고 할 형편도 아니었다.

"불공을 드리면 어떨까요?"

"불공이라니?"

이성계가 의아하게 바라보자 강씨가 팩 토라졌다. 잠시 후에야 둘 사이에 아직 자식이 없다는 것에 생각이 닿았다. 젊은 아내가 불공을 드려서라도 자식을 가지겠다는 데 말릴 이유가 없었다.

"좋을 대로 하시오."

"호호호, 엄마가 이미 영통사靈通寺의 주지에게 잘 말해 두었다고 그랬거든요."

그런데 영통사는 개경에 있지 않은가? 이성계의 얼굴이 슬쩍 찡그려졌다.

"또 개경으로 가겠다는 것이오?"

강씨는 시집온 이후 개경에 있는 기간이 훨씬 많았다. 갖은 핑계를 대어 친정이 있는 개경으로 간 다음 몇 달씩이나 있기 예사였다. 이성계도 조정에 정기적으로 출사하기 위해 개경에 자택을 마련했는데, 강씨는 그곳으로 가지 않고 친정으로 들어가기 일쑤였다. 어떤 때는 거의 1년이나 버티다가 마지못해 돌아오기까지 했는데, 또 불공을 핑계로 하여 개경으로 가겠다는 것이다. 게다가 친정에서 돌아온 지 얼마 되지도 않았으니 이성계가 역정을 내는 것도 무리가 아니었다.

"당신이 해준 게 뭐가 있다고 그래요? 남들처럼 처가살이를 했나, 호강을 시켜줬나, 공주보다 못할 것이 없는 판삼사사 댁 둘째 딸이 중늙은이의 후처가 된 것도 서러운 판에 함길도 깡촌에 끌려왔으니 이게 무슨 횡액이냔 말이에요! 그리고 하늘을 봐야 별을 따지. 툭하면 전쟁하러 나간 서방 얼굴 못 보기가 일 년이면 열 달이라, 이러다가는 오랑캐처럼 깡촌에 틀어박혀 하늘만 바라보다 자식도 없이 늙어 죽을

게 빤하지 않아요! 그런데도 또 개경으로 가려느냐고 막말을 일삼다니, 애고 애고 서러워라! 지금 내 모습을 모친이 보았다면 당장에 칼을 물고 자진하고도 남을 지경…….”

“알았으니 그만 하시오.”

한꺼번에 양친상兩親喪을 당한 듯 땅을 치고 통곡하던 강씨가 발딱 일어났다.

“그럼 개경으로 가도 되는 거죠?”

“그렇게 하시오. 하지만 곧 추위가 닥칠 테니까 내년에 가는 것이 좋을 것 같소.”

“그럼 봄이 될 때까지 기다리라는 거예요? 내년 봄이 되려면 반년이나 기다려야 되잖아요!”

“당신이 걱정되어 그러는…….”

“그런 걱정은 안 해도 되요! 내일 당장 출발할 테니 채비나 차려주세요!”

강씨는 막무가내였다. 당장 허락하지 않으면 목이라도 매달 기세에 어쩔 수 없이 승낙할 수밖에 없었다. 술상이 들어왔지만 술맛이 날 리가 만무했다. 두어 잔 입에 대는 시늉만 하고 밖으로 나왔다. 마당에 선 이성계는 저절로 한숨이 나왔다. 입장을 바꿔 생각하면 전혀 이해되지 않는 것도 아니었다. 강씨도 귀한 가문의 공자와 혼인하기를 바랐을 것이다. 그리하여 처가살이가 일반적인 세상에 친정에서 복되게 살기를 원했을 텐데, 무려 열댓 살이나 더 먹은 동북면의 칼잡이에게 시집오게 되었으니 어찌 낙심하지 않았을 것인가. 그것도 후처로 와서 남편이라는 작자는 얼굴 보기가 가물에 콩 나기였으니 딸자식을 둔 아비의 심정에서 생각해도 충분히 공감할 수 있었다.

저렇게 막나가는 여자인줄 알았다면 혼사를 하지 않았을 것이라고 후회한 적이 드물지 않았다. 차라리 돌려보내는 것이 좋겠다고 생각했던 적도 있었지만 그랬다가는 장인 강윤성이 가만있을 리 만무했다. 생존에 절대적으로 필요한 그를 적으로 돌리는 것은 맨몸으로 전쟁터에 나가는 것만큼이나 바보 같은 짓이었다. 강윤성이 고려에 기반도 없는 이성계를 사위로 삼아준 것은 그들도 이성계를 필요로 한다는 증거였다. 이성계가 그들의 눈에 들게 된 것은 고려에서 가장 강한 군대를 가졌기 때문이다. 만일 이성계가 전사하지 않는다고 해도 재기불능이 된다면 그들은 주저 없이 이성계를 버릴 것이 분명했다. 강윤성은 자신의 둘째 딸을 이성계에게 주었다는 사실을 깨끗이 삭제할 것이며, 그 바닥에서는 그게 당연한 일로 받아들여질 것이다. 차마 생각하기조차 싫지만 현실은 그렇게 가혹했다. 지금까지 이성계에게 죽어갔던 무수한 적들도 이성계를 만나기 전까지는 아주 잘 나가던 자들이 아니었던가. 앞으로 훨씬 강한 적을 만날 수도 있고 재수 없게 눈먼 화살을 맞아 죽거나 불구가 될 가능성은 너무나 충분했다.

단풍이 지는가 싶더니 첫눈이 내렸다. 올해는 가을과 초겨울의 경계가 거의 없었다. 일을 마친 여달이 서둘러 집으로 향했다. 관리가 아궁이를 고쳐 달라고 해서 아침부터 서둘렀지만 하루를 꼬박 잡아먹고 말았다. 어두워진 골목을 이리저리 빠져나가는데 추워서 그런지 거의 사람이 없었다. 여기서부터는 눈 감고도 찾아갈 수 있었다. 괭이를 어깨에 메고 빠르게 길을 줄이던 여달의 앞에 누군가가 나타났다. 골목이 좁았기 때문에 여달이 옆으로 비켜섰다. 앞에 나타난 사내가 갑자기 빠르게 다가들었다. 뭔가 이상하다는 느낌이 드는 순간, 새파란 예기銳氣가 바람을 갈랐다. 여달이 반사적으로 뒤로 몸을 뺐다.

섬뜩한 한기가 어깨를 스쳤다. 피하지 않았다면 목이 갈라질 뻔했다. 비수를 고쳐 잡은 사내가 다시 거리를 좁혀들었다.

"왜, 왜 이러시오?"

여달이 뒷걸음치며 외쳤다. 꽉 잡은 괭이가 덜덜 떨렸다. 갑자기 뒤에서 바람을 가르는 소리가 났다. 실팍한 몽둥이가 여달의 머리를 노리고 떨어졌다. 이번에는 미처 피할 사이도 없었다. 눈을 감고 머리가 박살나기를 기다리는데 그쪽에서 비명이 터졌다. 몽둥이를 내리친 자가 비척거리다가 쓰러졌다.

"누구냐!"

비수를 든 자가 차갑게 외쳤다. 기골이 장대한 승려가 지팡이로 쓰러진 자를 툭툭 두드리며 말했다.

"살계殺戒를 열고 싶지 않으니 이쯤해서 돌아가거라!"

"중놈이 죽고 싶으냐!"

날카롭게 외친 사내가 비수를 빠르게 좌우로 그으며 덤벼들었다. 비수를 다루는 솜씨가 날카로운 것이 한눈에 보기에도 사람을 많이 죽여 본 놈이었다. 이리저리 피하던 승려가 비틀거렸다. 쓰러진 놈이 다리를 붙들고 늘어진 탓이었다. 그때를 놓치지 않고 비수가 목을 찔러들었다. 여달이 놀라 소리를 지르는데 지팡이가 번득하더니 비수가 날아가 버렸다. 손목이 부러진 사내가 낮은 신음을 흘리며 다른 손으로 또 비수를 꺼내들었다. 승려가 냉소하며 발목을 잡았던 놈의 손을 우악스럽게 밟아 문질러버리자 처절한 비명이 터졌다.

"마지막 기회다! 동패를 데리고 돌아가겠느냐. 아니면 이승과 하직을 하겠느냐?"

잠시 승려를 노려본 사내가 비수를 집어넣고 쓰러진 동료를 부축하여 골목을 빠져나갔다. 다리가 풀려버린 여달이 그만 주저앉아 버렸다.

"괜찮소이까?"

승려가 여달을 일으켜 세웠다.

"정말 감사합니다. 목숨을 구해주신 은혜를 어떻게 갚아야 할지……."

"하하하! 답례를 한 것에 지나지 않으니 그리 괘념치 마십시오."

"그게 무슨 말씀이시온지?"

"소승을 모르시겠소이까?"

승려가 삿갓을 벗었다. 달빛에 비친 그의 얼굴이 낯설지 않았다. 그렇다고 해서 잘 아는 사이도 아니었다. 여달이 기억을 헤집는데 승려가 목탁을 두드리며 천연덕스레 염불을 외웠다.

"아! 회암사에서 보았던……."

"그렇소이다. 삼년 전에 탁발하다가 회암사에 들른 소승에게 중이면 염불이나 잘하라고 호통을 치지 않으셨습니까? 시주의 호통을 듣고 크게 깨우쳤습지요."

무학이 껄껄 웃었다. 정신을 수습한 여달이 무학의 소매를 잡아끌었다.

"이러실 게 아니라 저희 집으로 가시지요. 목숨을 구해주신 은인을 어찌 그냥 보낼 수 있겠습니까?"

"뜻하지 않게 기운을 써서 시장하던 판인데 시주님 댁에 가서 공양을 얻어먹도록 해야겠습니다 그려."

여달의 집으로 간 무학이 잡곡밥을 달게 비웠다. 여달과 은애가 재삼재사 감사했다.

"혹시 원한을 살만한 행동을 하셨거나 주변에 원한을 가진 사람은 없습니까?"

"전혀 그런 기억이 없습니다만……."

여달이 고개를 갸웃거렸다. 그는 법 없이도 살 수 있는 사람이었다. 조금이라도 남을 괴롭게 할 것 같으면 차라리 자신이 떠안고 가는 여달이 왜 목숨을 빼앗길 정도의 원한을 산다는 말인가. 아무리 생각해도 이해할 수 없었다. 잠시 후 은애가 상을 물리자 무학이 말했다.

"시주가 지금까지 살았던 사연을 말해주실 수 있겠습니까?"

여달이 의아하다는 표정을 지었지만 범상치 않은 무학이 이런 말을 할 때는 그럴만한 이유가 있을 것이라고 생각했다. 여달이 담담하게 자신의 과거를 말했다.

"그렇다면 모친에 대해서는 전혀 모른다는 말입니까?"

"그렇습니다. 어느 날 철이 들어보니 개태사에 있었고, 모친은 예전에 돌아간 상태였습니다. 그러다가 열 살 쯤 될 무렵에 행수 어른을 만나 목수가 된 것입니다"

"개태사에서 특별한 기억은 없었습니까?"

"승간소생이 무슨 특별한 일이 있었겠습니까? 그저 물 긷고 마당 쓸고 하다가……."

여달이 말을 흐렸다. 개태사의 승려들이 그리 심하게 대하지는 않았지만 그렇다고 해서 승간소생이라는 출신이 지워지는 것은 아니었다. 어린 시절의 기억을 가급적 잊고 싶어 했던 여달은 절로 쓴웃음이 나왔다.

“하하하! 승간소생이 뭐가 어떻다는 말입니까? 절을 나왔으니 보란 듯이 잘 살면 그만입지요.”

껄껄 웃던 무학이 고개를 바짝 들이대고 비밀스럽게 말했다.

“사실은 소승도 천출賤出입니다.”

무학은 경상도 합천 출신으로 속명俗名은 박자초朴自超였다. 부친 박인일朴仁一은 고관을 지냈으나 문제는 모친이었다. 모친의 출신이 천하다보니 제대로 기를 펴지 못했다. 본래부터 기상이 웅대하고 재능이 비범했던 그는 세상에 실망하여 18세에 출가하게 되었는데, 인재를 알아보는 고승들의 가르침을 받아 크게 깨우칠 수 있었다. 원효대사元曉大師의 환생이라는 평가까지 받을 정도였지만 시기하는 승려들도 많았다. 무학이 워낙 출중하고 완벽하여 모함할 핑계가 마땅치 않자 천출이라는 출신성분을 물고 늘어지게 되었던 것이다. 국교가 불교로서 아무나 학승學僧이 될 수 없는 세상인데다, 앞선 자를 시기하는 것은 승려들의 세계라고 예외가 아니어서 무학은 따돌림을 당하게 되었다. 그가 부패한 사찰과 승려들을 크게 비판하고 혼내주는 것은 그동안 누적된 울분과 무관하지 않았다.

"그러셨습니까?"

여달이 무학을 우러러보았다. 비슷한 출신으로서 상대를 찾기 어려운 높은 경지에 이른 무학이 그렇게 존경스러울 수 없었다. 특히 도리에 어긋난 것이면 상대가 누구라도 단호하게 징치하는 용기는 같은 남자로서 진정 경탄할 만했다.

"기왕 신세를 진 김에 헛간이라도 내어주시면 감사하겠습니다."

"그게 무슨 말씀이십니까!"

여달과 은애가 서둘러 단칸방을 치웠다. 그들은 무학을 여기에 모시고 다른 집에 가서 잤다.

방 한 가운데 정좌한 무학이 묘하게 웃었다. 오늘 그가 여달을 구해준 것은 우연의 결과가 아니었다. 상원사에서 알게 된 비밀을 추적하기는 그리 어렵지 않았다. 당시 개태사를 중건했던 도편수를 찾아내는 것이 가장 큰 열쇠였다. 그런 일을 할 수 있는 목수

집단이 그리 많지도 않거니와 대부분은 개경이나 그 인근에 있었다. 그들을 찾아다니며 탐문하자 어렵지 않게 문제의 목수 집단을 찾아낼 수 있었다. 당시의 행수는 세상을 떠난 뒤였지만 그때 개태사를 나온 아이가 여달이라는 것과 행수를 물려받은 뒤 회암사에서 일으킨 문제 때문에 마을에서 축출되었다는 것까지 알아낼 수 있었다. 여달의 행방을 찾는 것도 그리 많은 품이 들지 않았다. 마침내 여달의 거처를 알아낸 무학은 며칠 동안 멀리 떨어져 관찰했다. 그러던 가운데 여달의 목숨을 노리는 자들을 발견하고 손을 쓰게 된 것이다.

– 어찌해야 할 것인가.

여달은 자신에 대한 비밀을 전혀 모르는 것이 분명했다. 자신이 개태사의 승간소생에 지나지 않는 것으로 알고 있는 여달에게 진실을 말해 주어야 할 것인지, 아니면 그냥 묻어두어야 할 것인지 판단이 서지 않았다. 천천히 굴리는 백팔염주가 손가락 마디마디를 아프게 마찰했다.

박달산 기슭에 망치소리가 요란했다. 이인임의 새로운 저택은 거의 완성 단계였다. 본래 민가民家가 있는 곳이었는데 강제로 철거하고 저택을 짓는 바람에 원성이 높았다. 그것 말고도 매관매직과 갖은 부정을 자행하여 자자했지만 권력의 절정을 누리는 이인임은 콧방귀도 뀌지 않았다. 공민왕이 시해당했을 때 즉시 범인들을 체포하고 상황을 수습하여 권력을 잡은 이후 지윤과 임견미, 염흥방 등의 심복들을 요직에 앉힌 이인임의 권세는 하늘 높은 줄 몰랐다. 그런 이인임의 저택을 공사하는 것은 대단한 의미가 있었다. 긍호가 현장을 돌고 있는데 갑자기 비명이 터졌다.

"무슨 일이냐!"

긍호가 달려가자 목수 한 명이 피를 뿜고 엎어진 것이 보였다. 지붕에서 일하다 발을 헛디딘 탓이리라. 서둘러 조치하게 한 다음 다시 공사를 독려하던 긍호는 저절로 한숨이 났다. 여달을 죽이기 위해 비싸게 사서 보낸 자객들이 깨끗이 실패한데다, 오늘은 목수 하나가 크게 다치고 말았으니 정말 재수가 옴 붙은 나날의 연속이었다. 술이나 한 잔 하려고 나가던 긍호의 앞을 기골이 장대한 승려가 막아섰다.

"시주를 받으려면 마을로 오시구려."

궁호가 퉁명스럽게 뱉고 나가려는데 승려가 비켜 주지 않았다.

"행수께 드릴 말씀이 있어서 찾아뵈었으니 잠시 여가를 내주지 않으시겠습니까?"

웃고 있었지만 승려의 눈이 예리하게 빛났다. 심상치 않다고 판단한 궁호가 인근의 국밥집으로 데리고 갔다.

"소승은 무학이라 합니다."

"대사님의 명성은 익히 들었습니다."

궁호와 무학은 이미 악연이 있었다. 회암사를 중건할 때 상좌를 죽도록 두들겨 패고 불알을 짓밟아 고자로 만든 것도 모자라 중건에 사용할 목재 더미에 불을 싸지른 악질 중놈이었다. 곳곳의 사찰을 돌아다니며 주지와 상좌들을 욕보이는 깡패로 소문이 자자했으며, 최근에는 마을에 나타나 이것저것 캐묻고 다니기도 했다. 그런 무학이 심상치 않은 기색으로 나타나자 긴장하지 않을 수 없었다.

"무슨 일로 시생을 찾아오셨습니까?"

무학은 대꾸도 하지 않고 뜨거운 국밥을 정신없이 퍼 넣었다. 순식간에 뚝배기를 깨끗이 비운 무학이 잘 먹었다며 합장을 했다.

“이제야 살 것 같습니다. 금강산도 식후경이라는 말이 실감이 나는군요.”

“소인은 바쁜 사람입니다. 어서 용건을 말씀하십시오.”

“아! 소승이 먹는 데 정신이 팔려 깜빡 잊고 있었습니다.”

무학이 빙글거리며 웃었다.

“엊그제 탁발을 나섰다가 어떤 흉악한 놈들이 소승과 관련이 있는 사람을 죽이려고 하는 것을 보게 되었습니다. 다행히 소승이 발견하여 그놈들의 팔을 분질러 쫓아버렸습지요.”

“그것이 소인과 무슨 관련이라도 있습니까?”

“관련이 있으니까 찾아온 게 아니겠습니까? 흉수凶手들을 사주한 놈에게 똑바로 전해 주십시오! 한 번만 더 그런 짓을 했다가는 소승이 달려가 허리를 분질러 버리겠다고 말입니다.”

“여하튼 나와는 상관없는 일입니다.”

궁호가 일어나려 하자 무학이 한마디 더했다.

“흉수들에게 봉변을 당할 뻔했던 백성의 아내가 전하라고 한 말도 있는데 듣고 싶지 않으십니까?”

일어나던 궁호가 멈칫했다.

"지아비가 죽으면 바로 따라 죽을 테니 알아서 하라고 합디다."

말을 마친 무학이 성큼 일어나 나갔다. 긍호가 소태 씹은 얼굴로 술을 가지고 오라고 악을 썼다.

"어이구, 대장군께서 오셨구먼."

장인 강윤성이 만면에 웃음을 띠고 맞았다. 큰처남 강득룡을 위시한 처남들도 반겨 맞았다.

"어서 오세요! 얼마나 기다리고 있었는지 모르죠?"

먼저 내려와 있던 강씨가 호들갑을 떨면서 나왔다. 이성계가 쓰게 웃었다. 아까 개경에 마련한 자택에 들러보았는데, 예상한대로 강씨가 거기에는 코빼기도 비치지 않았기 때문이었다. 잠시 후 저녁상이 나왔다. 동북면에서는 상상하기조차 어려운 산해진미가 그득했다.

"너는 왜 여기 있는 게냐?"

강윤성이 이성계 옆에 꼭 붙어 있는 딸에게 말했다.

"보면 모르세요? 모처럼 만난 낭군님 곁에 있고 싶어서 그런 건데요."

“그만 들어가라. 남자들끼리 할 이야기가 있지 않겠느냐?”

“싫어요! 왜 나만 따돌리려고 그래요?”

“입 닥치고 들어가지 못하겠느냐!”

강윤성이 느닷없이 호통을 쳤다. 부친의 호통에 깜짝 놀란 강씨가 슬금슬금 눈치를 보며 밖으로 나가다가 삐쭉 혀를 내밀었다.

“원, 서른이 되도록 저렇게 철이 없으니…….”

강윤성이 끌끌 혀를 찼다.

“제 불찰입니다. 꾸짖으시려거든 저를 꾸짖어 주십시오.”

“그게 어디 자네 불찰이겠는가, 자식을 잘못 기른 내 불찰일세. 아직까지 자식도 없는데 저렇게 무사태평이니 그저 기가 막힐 뿐이야.”

이성계 부부가 10년이 넘도록 아이를 가지지 못한 것은 전쟁터를 떠돈 이성계의 탓이 크지만 툭하면 친정에 와서 돌아가지 않는 딸에게도 절반의 책임이 있었다. 그럼에도 불구하고 계속 저 모양이니 참으로 큰일이었다. 강윤성이 한숨을 쉬었다.

“그런데 국혼國婚에 대한 이야기가 오가고 있다는데 그것은 어찌된 일입니까?”

강득룡이 조심스럽게 입을 떼었다. 최근 우왕도 왕비를 맞아야 하지 않느냐는 의견이 대두되었다. 즉위한 지 햇수로 4년이 된 데다 나이도 만으로 열넷이 되어 왕비를 맞아야 할 때였다. 그런데 문제는 왕비 감으로 거론되는 규수가 이인임의 조카딸이라는 것이었다. 이인임이 조카딸을 왕비로 세우려는 의도는 굳이 말할 필요가 없었다.

"그렇다면 우리도 후궁쯤은 들여야 하지 않겠습니까?"

"그렇지 않아도 문중에서 그에 대한 논의가 있었다. 그것은 앞으로 두고 보기로 하자꾸나. 자, 대장군도 한잔 하게나."

강윤성이 웃으며 잔을 따랐다.

"그리고 자네에게 서운한 게 있는데 말해도 될까?"

"아, 예……."

"다른 게 아니라 자네 장남의 일이네."

"그 아이가 무슨 잘못이라도 하였습니까?"

"그건 아닐세. 요즘 젊은이답지 않게 아주 신중하고 예의가 발라서 칭송이 자자하거든."

강윤성이 술을 한 잔 마셨다.

"왜 나에게 말하지 않았나? 내가 그리 대단하지는 않아도 음서쯤이야 얼마든지 밀어줄 수 있는 사람이라네. 또 장인과 사위 간이라면 응당 그래야 하는 것 아닌가?"

강윤성은 이성계가 장남 방우의 음서를 부탁하지 않은 것이 매우 섭섭한 눈치였다. 이성계도 그럴 생각을 해보지 않은 것은 아니었지만 피 한 방울 섞이지 않은 본처 소생의 아들을 부탁하기는 멋쩍었다. 그러던 중에 최영을 만났을 때 예상외로 도움을 받은 것인데, 강윤성은 이성계가 최영과 가까이 하는 것을 그리 탐탁지 않게 여기고 있었다.

"앞으로는 주의하도록 하겠습니다."

"그것은 됐네만, 이인임과 최영의 사이가 심상치 않으니까 정말 조심해야 할 것이야."

이인임이 우왕의 장인이 되어 무소불위의 권력을 손에 넣는 날에는 최영도 무사하기 어려울 것이었다. 반드시 최영 뿐 아니라 위협이 될 수 있는 자들을 제거하려 들 것인데, 이성계도 제거할 자의 명단에 충분히 포함될 수 있었다. 그런 상황에서 장남의 음서를 최영에게 부탁한 것은 그리 잘한 짓이 아니었다.

"그리고……."

강득룡이 말끝을 흐렸다.

"뭐냐? 말하도록 해라."

"정도전이라는 놈이 아주 심상치 않습니다."

작년에 유배를 마친 정도전은 고향인 영주榮州에 머물고 있었다.

"처음 벼슬을 지낼 때부터 유심히 지켜보았는데 정말 보통이 아니었습니다. 언젠가는 크게 일을 저지르고도 남을 것 같으니 미리 싹을 잘라버리는 것이 어떻겠습니까?"

"네 말이 틀리지는 않다만 굳이 우리 손에 피를 묻힐 필요가 있겠느냐? 이인임이가 알아서 처리해 줄 것이다."

정치의 세계는 전쟁보다 잔혹하고 비정했다. 이 바닥에서 살아남을 생각을 하니 한숨이 났다.

일을 마친 여달이 저녁을 먹었다. 물김치가 아주 입에 맞았다. 물김치를 더 떠 오던 은애가 갑자기 구역질을 했다. 시큼한 물김치 냄새에 그만 속이 뒤집혔다. 우물가로 달려간 은애가 토하기 시작했다. 나중에는 쓴물까지 올라올 지경이었다. 얼굴이 노래

지고 숨도 제대로 쉬지 못하는 것이 금방이라도 죽을 것만 같았다. 깜짝 놀란 여달이 급히 달려가 의원을 데려왔다. 은애를 진맥한 의원이 여달을 바라보며 말했다.

"식구가 늘게 생겼구먼."

"예? 그게 무슨 말씀이십니까?"

"자네 처가 아기를 가졌단 말일세!"

의원이 나간 다음 여달이 한동안이나 은애를 멍하게 바라보다 펄펄 뛰며 기뻐했다. 그들 부부는 아기를 포기한 지 오래였다. 약도 먹어보고 백일동안 새벽 치성도 드려보았지만 아무런 소용이 없었다. 이렇게 어려운 세상에 그럭저럭 먹고살 수 있는 게 어디냐며 자위하며 살았지만 아기가 없다는 것은 너무나 괴로웠다. 아기를 업고 다니거나 젖을 먹이는 아낙네들을 보면 그렇게 부러울 수가 없었다. 나이가 들수록 행복에 가장 필요한 것은 아기라는 사실이 더욱 절실했지만, 팔자에 없는 것을 어쩌겠느냐고 포기할 수밖에 없었다. 그런데 은애가 아기를 가졌다니, 정말이지 미치도록 기쁘고 행복했다. 솜씨를 인정받아 행수를 물려받게 되었을 때도 이렇게 기쁘지는 않았었다. 밖으로 뛰쳐나가 온 동네 사람들에게 자랑하고 크게 잔치를 벌여도 시원치 않을 것 같았다.

"오오, 부처님 감사합니다! 당신은 아무 일도 하지 말아요. 밥도 내가 하고 빨래도 내가 할 테니까."

어찌나 기뻤던지 여달이 은애를 끌어안고 울었다. 은애도 함께 울었다. 이렇게 기쁜데 왜 눈물이 나는지 알 수 없었다.

전쟁과 죽음

금강 하구 전라도 진포(鎭浦, 서천)에 수백 척의 배가 나타났다. 삼남三南을 휩쓸다가 진포를 강습한 왜구들이 사방에 불을 지르고 약탈했다. 무려 3만에 달하는 규모에 2천 이상의 기병까지 보유한 왜구는 정규군이라고 해야 타당했다. 왜구들이 어찌나 창궐했던지 명나라의 해안까지 황폐할 지경이었다.

"아, 아기발도阿其拔都다!"

웅장한 체구를 철갑으로 감싼 적장이 나타나자 결사적으로 항전하던 고려군이 절망적인 비명을 질렀다. 이미 작년부터 상륙하여 곳곳을 휩쓸어버린 아기발도는 공포 그 자체였다. 화살의 집중 사격을 조금도 개의치 않고 격돌한 아기발도가 고려군을 풀 베듯 베어버렸다. 진장鎭將이 이판사판으로 덤벼들었다가 단칼에 토막이 나버리자 고려군이 일시에 붕괴되었다. 아기발도를 앞세워 고려군을 일축한 왜구가 주변 일대를 휩쓸었다.

망을 보던 왜구들이 크게 소리쳤다. 진포 어귀에 나타난 고려함대가 서서히 접근하고 있었다. 그러나 왜구들은 그리 당황하지 않았다. 대략 80척 정도로서 규모도 대단하지 않은데다, 백병전에서 상대가 되지 않기 때문이었다. 고려의 수군이 강했더라면 왜구들이 제 집 안방처럼 드나들 수는 없지 않겠는가. 정박한 왜구 함대 가운데 일부가 전투준비를 갖추고 마주쳐 나왔다. 접근하던 고려함대가 셋으로 갈라졌다. 좌군은 부원수副元帥 최무선崔茂宣, 중군은 상원수上元帥 나세羅世, 우군은 부원수 심덕부沈德符였다. 나세의 지휘함에서 붉은 깃발이 흔들리고 전고가 울려 퍼졌다. 고려함대가 불벼락을 토했다. 각종 화포와 화전火箭이 일제히 불을 뿜었다. 특히 화전의 위력이 대단했다. 화약을 이용한 추진력을 갖추었기 때문에 사정거리가 긴데다, 일단 적함에 박히면 화약이 폭발하여 불을 질렀다. 화포에 맞으면 배가 박살났고 화전에 당한 배는 불지옥으로 변했다. 바짝 근접해서 정박한 왜구 함대가 불길에 휩싸이고 말았다. 엄청난 전과를 거둔 고려 수군이 길길이 날뛰며 만세를 불렀다. 최무선도 병사들과 함께 기쁨을 나누었다.

왜구들이 멍하게 불타는 바다를 바라보았다. 온몸이 피로 칠갑된 아기발도도 탈바가지 같은 면갑面甲을 벗고 그쪽을 바라보았다. 고려를 공포로 몰아넣은 용장은 지나치게 어렸다. 겨우 열여섯쯤 밖에 되지 않는데다 예쁘장하기까지 하여 아무리 보아도 용맹을 떨치는 장수 같지 않았다.

"배를 잃었다고 해서 돌아갈 수 없는 것은 아니다! 이기면 된다! 고려군을 이기면 일본으로 전령을 보내 함대를 오게 할 수 있다!

아기발도가 자신만만하게 외쳤다. 왜구들이 함성을 지르며 아기발도를 연호했다.

수백의 동북군이 무서운 기세로 남하했다. 무려 3만이나 되는 왜구가 쳐들어왔다면 전쟁이라고 해도 과언이 아니었다. 팔도八道의 모든 병력이 집결하여 일대 격전을 치러야 할 터였다. 만일 패배한다면 왜구가 증원되어 개경까지 위협당할 수 있었다. 이성계는 가용加用 전력戰力을 차출하여 출격해야만 했다. 거의 휴식 없이 사흘을 강행군한 결과 개경이 바로 눈앞에 보였다. 일단 개경에 들어가 우왕에게 보고하고 직책을 받는 동안 약간 휴식을 취한 다음 전쟁터로 떠나야 했다.

삯바느질을 해주고 받은 곡식 자루를 든 은애가 집으로 향했다. 두 됫박이 약간 넘는 무게도 힘이 부쳤다. 여달이 제발 집에 있으라고 애걸했지만 앞으로 태어날 아기를 생각하면 그럴 수 없었다. 움직일 수 있을 때 약간이라도 벌어놔야만 했다. 여달이 오기 전에 돌아가기 위해 부지런히 걷던 은애에게 다급한 말발굽 소리가 들렸다. 언뜻 고개를 들어보니 먼지구름이 급격히 다가오는 것이 보였다. 늘 보던 것이라 그리 대수롭지 않았다. 은애가 잠시 서 있는데 갑자기 거지차림의 소년이 자루를 낚아챘다. 자루를 날치기 당한 은애가 반사적으로 소년을 따라 뛰었다. 아기를 위해 힘들게 번 것을 도둑질당할 수는 없었다. 소년이 큰길을 가로지르자 은애도 주저 없이 뛰어들었다가 몸이 붕 떴다.

"무슨 짓이냐!"

이성계가 크게 놀라 말을 멈췄다. 갑자기 아낙네가 뛰어들리라고는 전혀 예상하지 못했다. 자살이라도 하는 것처럼 뛰어들었다가 말과 부딪쳐 날아간 아낙네는 온통 피투성이였다. 이성계가 말에서 내려 살피려 하자 이원계가 말렸다.

"네 잘못도 아니거니와 그럴 여유도 없다! 지금 이 순간에도 무고한 백성들이 살육당하고 있지 않느냐? 네가 할 일은 한시라도 빨리 내려가 왜구를 무찔러 백성을 구하는 것이다!"

맞는 말이었다. 쓰러진 아낙네를 흘긋 바라본 이성계가 다시 말을 달렸다.

의원이 고개를 젓더니 밖으로 나갔다. 집에 돌아온 여달을 맞은 것은 거의 죽어가는 아내였다. 사고를 당한 것을 마침 동네 사람이 발견하여 집으로 옮겼다는데, 멀쩡하게 집에 있던 아내가 무엇 때문에 전쟁에 나가는 장군의 말에 들이받혀 죽어가고 있다는 말인가? 이건 꿈이었다. 꿈이 아니면 이런 말도 안 되는 일이 벌어질 수는 없었다. 그러나 이것은 분명한 현실이었다. 모든 것을 희생하여 그를 바르게 이끌었던 은애가 처참하게 죽어가고 있었으며 겨우 잡았던 행복의 자투리가 완전히 무너지고 말았다. 여달이 할 수 있는 것은 넋이 잡아 뽑힌 인형처럼 멍하게 은애를 바라보는 것 밖에 없었다.

"아, 정신이 드오?"

은애가 가늘게 눈을 떴다. 자신이 왜 여기에 누워

있는지 이해가 가지 않는 것 같았다. 잠시 후 전말을 기억한 은애가 고통스럽게 신음했다.

"의원이 곧 나을 것이라고 했소. 그러니까 무리하지 말고 조리나 잘하도록 해요."

"아기는요?"

"아기도 아무런 이상이 없다고 했으니까 너무 걱정 말아요."

여달이 짐짓 웃으며 말했지만 은애는 본능적으로 죽게 되리라는 것을 알았다. 자신이 죽는 것도 슬펐지만 아기를 잃은 것이 더욱 안타깝고 슬펐다.

"한 가지 궁금한 게 있어요."

은애가 이상하게 또렷한 목소리로 말했다. 눈빛도 곧 죽을 사람답지 않게 초롱거렸다.

"무엇이든 물어보시오. 아는 대로 전부 대답할 테니."

"왜 회암사의 일을 맡지 않았어요?"

여달이 잠시 생각을 정리했다. 죽을 아내에게 거짓말을 할 이유가 없었다.

"그때 내가 타협하지 않은 것은 스승의 뜻을 지키는 것이기도 했지만, 미래에 대해 떳떳하고 싶었기 때문이었소."

"좀 더 쉽게 말해 주시겠어요?"

"당시 나는 앞으로 뭔가 큰일을 하게 될 것이라는 확신을 가졌었소, 그것이 무엇이며 언제인지는 알 수 없었지만 역사에 남길 만한 대업大業이라는 계시가 있었으니까."

계시의 형태는 꿈이었다. 위대한 건물을 남기는 꿈을 며칠이나 계속해서 꾸었는데 그것이 계시가 확실하다고 여기게 되었다. 그런 일을 해낼 사람이 추악한 협잡에 동참할 수는 없었다.

"물론 미친 짓이었소. 내가 무슨 짓을 했는지 깨달았을 때는 이미 늦어 있었지."

고려 제일의 도편수가 목수 일을 하지 못하게 된 것 자체가 상상을 초월하는 고통이었다.

"내가 폐인이 되다시피 한 것은 승간소생이라는 것 때문이었소, 마을을 나왔다고 해도 목수들을 모아 내 스스로 행수가 되면 다시 도편수가 될 수도 있겠지만, 중에게 간음당한 노비가 낳은 자식이라는 것이 알려지면 모든 것이 끝장이오. 그때는 나를 만들어 낸 절로 끌려가 노비로 죽을 수밖에 없을 테니 절망하지 않을 수 없었소."

"……."

"술이나 퍼마시면서 당신을 괴롭히고 사느니 차라리 죽는 것이 좋을 것 같았소. 그때는 정말이지 죽고만 싶었다오."

은애의 희생과 격려로 용기를 얻은 다음부터 새로운 삶이 펼쳐졌다. 현실을 있는 그대로 받아들이자 비로소 행복이 보였다. 남들 앞에 드러날 일이 없었으니 신분에 대한 걱정을 하지 않아도 좋았다. 하루하루 열심히 일하며 행복을 만끽했으며, 은애가 아기까지 가졌으니 더 이상 바랄 게 없다고 생각했다. 순수하고 소박한 그들의 행복은 영원할 것 같았다. 적어도 어제까지는 그렇게 확신할 수 있었는데……. 여달이 고통스럽게 머리를 쥐어뜯었다.

"당신의 뜻을 알게 되어 기뻐요. 그리고 저와 약속해 주시면 고맙겠어요."

"말만 하시오! 무엇이든 약속 하리다."

"내가 없더라도 당신은 꿋꿋이 살아야 한답니다. 약속할 수 있겠어요?"

"약속하겠소!"

"두 번째는……."

은애가 힘겹게 숨을 삼켰다. 공기가 끈끈하게 눌어붙는 것 같아 숨을 쉬기도 벅찼다.

"다시 목수가 되세요. 그래서 당신이 원하는 큰일을 이루도록 하세요."

"그, 그것은……."

"그렇게 하세요. 그것이 진정으로 당신이 원하던 것 아니었나요? 저와 아기를 사랑한다면 당신의 뜻을 이루도록 하세요. 약속할 수 있나요?"

"알겠소! 당신과 우리들의 아기를 위해서 반드시 약속을 지키도록 하겠소!"

여달이 울부짖듯 외쳤다. 은애가 만족하게 웃으며 눈을 감았다.

탁발에 나선 무학이 빙그레 웃었다. 저 앞에서 지게를 진 여달이 터덜거리며 걸어오는 게 보였다. 점심은 얻어먹을 수 있겠다는 생각으로 여달에게 다가갔는데, 여달은 넋이 빠진 것처럼 경황이 없었다. 뭔가 심상치 않다고 생각한 무학의 눈에 지게에 실린 것이 비쳤다. 거적에 둘둘 말아 묶은 것은 시체인 것 같았다.

"무슨 일이오?"

"아내와 아기입니다."

여달이 대충 경과를 말했다. 무학이 크게 탄식하

고는 목탁을 치며 애도했다. 다시 걸음을 옮기던 여달은 지게에 실린 두 사람의 비중을 전혀 느끼지 못했다. 기껏해야 회초리 묶음 정도의 무게도 되지 않는 것 같았다. 그나마 팔다리가 덜렁대지 않았으면 하릴 없이 빈 지게를 지고 가는 것 같은 착각마저 느낄 지경이었다.

"어쩔 생각이오?"

무학의 목소리에 화들짝 놀랐다. 격심한 슬픔에 방금 만나서 이야기까지 나눈 무학의 존재를 잊어버린 탓이었다.

"야산으로 갈 생각입니다."

들판에 버리지 않고 평토平土나마 해서 짐승들에게 뜯어 먹히지 않게 해주는 것이 실컷 고생만 하다가 죽은 아내와 뱃속의 자식에게 해줄 수 있는 전부였다. 술에 취하기라도 한 것처럼 자꾸만 걸음이 비척거리며 틀어졌다.

"이리 주시오."

무학이 지게를 잡아끌었다. 막무가내로 지게를 받아 진 무학이 성큼성큼 걸었다. 잠시 후 무학과 여달은 송악산松嶽山 어귀에 이르렀다. 궁궐이 바라보이는 곳까지 닿자 정신을 수습한 여달은 몹시 두려웠다. 그러나 무학은 전혀 거리끼지 않고 송악산으로 향했다. 송악산 곳곳에 자리 잡은 거찰巨刹들을 같잖다는 눈으로 바라보며 비탈을 오르는 무학의 뒤를 여달이 허겁지겁 뒤를 따랐다. 인적이 드문 곳까지 오른 무학이 지게를 내려놓았다.

"여기서 다비茶毘를 치르도록 하십시다."

"예? 여기서요?"

송악산에 묻을 수 있다면 다행이라고 생각했던 여달이 깜짝 놀랐다. 감히 궁성이 가까운 곳에서 시신을 불태웠다가 순군巡軍들에게 들키는 날에는 크게 경을 치고도 남을 것이다. 순군이 아니더라도 부근에 산재한 사찰의 승려들이 알아채는 날에는 자신들이 다비를 치를 판이었다.

"괜찮소."

무학이 여달의 속을 들여다 본 것처럼 말했다.

"여기는 어차피 망할 것이오. 기왕 망할 땅에 다비 좀 했다고 해서 달라질 것은 없을 것입니다."

"그, 그게 무슨 말씀이십니까?"

무학은 대답하지 않았다. 그는 전혀 개의치 않고 장작으로 쓸 것을 모았다. 곧 여달도 체념하고 나무를 모아 시신을 태웠다. 별로 살집이 없는 아내의 몸에서는 약간의 기름도 지글거리지 않았다. 무학이 독경하는 가운데 머리털이 타는 누린내와 고기 비슷한 것이 타는 냄새가 나는가 싶더니 시신이 맹렬하게 불탔다. 퀭한 아내의 해골을 묻으면서 여달은 끅끅대며 울었다. 눈물이 끊임없이 솟구쳤다. 어디에 그렇게 많은 눈물이 고여 있었는지 몰랐다.

고려군이 왜구를 맹추격했다. 한 달 전에 상륙했다가 수군의 공격으로 배를 잃어버린 왜구들이 분산하여 내륙으로 이동하며 곳곳을 휩쓸었다. 특히 작년부터 침입하여 용맹을 떨쳤던 아기발도가 진주와 함양을 차례로 짓밟고 남원 인근에 웅거하고는 "장차 북상하여 고려를 멸망시키고야 말겠다!"고 호언장담했다. 크게 놀란 조정에서는 팔도의 병력을 총동원했다. 역전의 노장 최영을 총사령관인 팔도도통사八道都統使로 임명하고, 이성계를 전라, 경상, 양광도를 총괄하는 삼도도순찰사三道都巡察使로 임명했다. 도체찰사都體察使에는 변안렬邊安烈을 임명하고, 원수에는 왕복명王福命, 우인렬禹仁烈, 도길부都吉敷, 박임종朴林宗, 홍인계洪仁桂, 임성미林成味, 이원계李

元桂 등을 임명하여 진용을 짰다. 여기에 정몽주를 파견하여 보필하도록 했으니 고려 굴지의 문무관들과 병력이 총동원된 전쟁이었다.

고려군이 전라도 운봉雲峰에 머물고 있는데 정찰병들이 속속 도착하여 보고했다. 보고를 종합하면, 왜구의 주력은 남원에서 나와 인월引月에 웅거하고 있었다. 운봉에서 인월로 가려면 지리산 자락의 좁은 협로夾路를 통하는 길밖에 없었다. 그러나 적이 천험의 요새를 활용하지 않을 리가 만무했다. 최영과 이성계라고 해도 협로를 틀어막고 승부를 걸어올 것이 분명한 이상에는 충분한 대책이 논의되어야 했다.

"아무래도 삼도순찰사가 맡아주어야 할 것 같네."

최영은 이성계가 선봉을 맡아주기를 원했다. 유리한 지형을 점유한 아기발도를 상대할 사람은 오직 이성계밖에 없을 것 같았다. 이성계도 그러마고 대답하려는데 정몽주가 나섰다.

"천험의 지형을 확보하고 기다리고 있는 적을 공격하는 것은 현명하지 못합니다. 도통사의 작전은 적이 원하는 대로 움직이는 것에 지나지 않으며, 이긴다고 해도 우리의 손실이 클 것이니 강공强攻보다는 지공遲攻이 좋을 듯싶습니다.”

최영의 얼굴이 일그러지려 했다. 정몽주의 의견은 틀리지 않았지만 전략을 제안할 위치가 아닌데다 그것을 받아들일 분위기도 아니었다. 최영이 뭐라고 꾸짖으려는데 척후가 뛰어들어 왔다.

“운봉을 넘어 황산荒山에 이르면 북쪽 정산봉鼎山峯의 오른쪽에 험한 길이 있는데, 그것이 바로 인월과 이어져 있습니다!”

척후의 보고에 최영의 눈썹이 꿈틀했다.

“적이 그곳으로 나와 아군을 차단할 것이 분명합니다!”

이성계가 말하자 최영이 고개를 끄덕였다.

“그 방면을 맡아주게.”

선봉보다 훨씬 위험한 임무였다. 그러나 이성계는 단호하게 명령을 받았다.

“저것을 보십시오!”

이지란이 가리키는 곳에 이상한 것이 눈에 띄었다. 고기를 구워먹은 흔적 같았는데, 놀랍게도 불탄 사람의 팔다리와 토막 난 인체가 어지럽게 널려 있었다. 찢긴 치마가 적지 않은 것으로 보아 부녀자들을 잡아와 강간한 다음 도살하여 구워먹은 것이 분명했다. 그것을 본 병사들이 그만 구토하고 말았다. 왜구들의 만행은 상상을 초월했지만 설마 식인食人까지 자행할 줄은 몰랐다. 그놈들은 정녕 인간이 아니었다. 격렬한 증오가 맹렬한 적개심을 불러 일으켰다. 동북군이 이를 득득 갈아대며 황산으로 진출했을 때 갑자기 함성이 터졌다. 예상대로 적들이 아군을 차단하기 위해 샛길로 나온 것이다. 왜구들이 받아놓은 밥상이라는 듯 여유만만하게 공격해 왔다.

"아기발도를 모르느냐!"

검붉은 철갑으로 온몸을 감싼 거대한 체격의 장수가 작두 같은 대도大刀를 수수깡처럼 휘두르며 달려나왔다. 철갑을 물들인 것은 탈색된 피였다. 이미 알고 있었지만 유리한 위치에서 병력마저 우세한 적을 만나자 크게 당황했다. 언뜻 보기에도 기병이 수백을 헤아렸으며 보병도 2천 이상이나 되어 보였다. 급히 오느라 겨우 수백에 지나지 않는 동북군은 위기에 빠졌다.

"두려워 말라!"

이성계가 크게 외치며 달려 나갔다. 이원계와 이

지란도 병사들을 독려하여 곧 닥칠 접전에 대비했다. 이성계가 패배하면 전체적인 전황에 악영향을 끼칠 우려가 컸다. 자신이 살고 전쟁에 이기려면 오직 승리하는 것밖에 없었다. 이성계가 대우전大羽箭과 유엽전柳葉箭을 번갈아 발사하여 적의 선봉을 사살했다. 하나같이 왼쪽 눈을 맞고 죽은데다 화살 하나에 둘 셋이 거꾸러지기도 했다. 순식간에 사십 명 이상을 사살하자 적들이 크게 놀랐다.

"이놈!"

격노한 아기발도가 대도를 휘두르며 덤볐다. 가로막는 동북군을 풀 베듯 헤치고 달려드는 아기발도의 기세가 실로 무서웠다. 화살을 쏘아도 철갑을 뚫지 못했으며, 눈을 노리고 쏜 화살도 미리 경계한 아기발도가 면갑으로 방어했다. 온통 피투성이가 되어 이성계에게 다가오는 아기발도를 본 최영도 손에 땀을 쥐었다. 이성계가 이겨주면 총공격을 명할 계획이었지만 반대로 무너지는 날에는 오히려 총공격을 당할 판이었다. 모든 장병들이 질려서 사색이 되어 어쩔 줄 모르는데, 놀랍게도 아기발도가 입에서 피를 뿜으며 거꾸러졌다. 화살 하나로 투구 끈을 끊어 투구를 떨어뜨리자 깜짝 놀란 아기발도가 소리를 지르는 틈을 타 입에다 화살을 쏘아 박은 것이었다. 철갑과 투구, 면갑으로 빈틈없이 방어된 아기발도를 정상적으로 이길 방도가 없다고 판단한 이성계가 임기응변을 발휘한 결과였다. 아무리 용맹한 아기발도라고 해도 이성계가 전력을 다해 쏜 화살에 입속을 관통당한 이상에는 견딜 재간이 없었다.

양측에서 불사신으로 믿었던 아기발도의 죽음은 전황을 일변시켰다. 왜구들이 통곡하면서 어쩔 줄 모르는 반면 고려군은 함성을 지르며 날뛰었다. 최영이 어찌 이런 기회를 놓치겠는가! 최영이 장검을 뽑아들고 총공격을 명령하자 사기충천한 고려군이 산악을 무너뜨릴 것 같은 함성을 지르며 돌격했다. 이성계는 죽이고 또 죽였다. 셀 수조차 없는 왜구들을 죽이다보니 칼을 여러 차례나 바꿔야 했고 말도 두 마리나 갈아타야 했다. 언제 맞았는지 허벅지에 화살이 박혔는데도 미처 뽑아낼 틈조차 없었다. 견디지 못한 왜구들이 집단으로 항복한 다음에야 전투가 끝났는데, 한 놈도 살려두지 말라는 명령이 떨어졌다. 인근의 개울로 끌고 가서 참수하는 바람에 물이 며칠이나 붉게 물들 지경이었다.

"정말 고생 많았네."

만면에 웃음을 띤 최영이 이성계의 어깨를 두드리며 치하했다. 왜구를 맞아 싸운 이래 이런 대승은 처음이었다. 수훈갑은 누가 보아도 이성계였다. 만일 이성계가 아기발도를 사살하지 못했다면 고려군이 참수를 당하고 있을 것이 분명했다. 그러나 이성계는 대수롭지 않은 것처럼 겸양했다.

– 정말 대단한 자로군.

정몽주가 이성계를 다시 보았다. 전과戰果도 전과지만 저렇게 겸양하는 것도 아무나 할 수 있는 일이 아니었다.

인 연

이른 아침에 느닷없는 드잡이가 벌어졌다. 갑사甲士가 여달을 떠밀며 외쳤다.

"여기가 감히 뉘 댁인 줄 알고 소란을 피우는 게냐!"

"누구 집인지는 중요하지 않소! 나는 주인을 만나야만 하오!"

"이놈! 수문하시중守門下侍中께서 너 같은 놈을 만나줄 것 같으냐? 당장 돌아가지 않으면 경을 치고야 말 것이다!"

"나는 반드시 들어가야만 하오!"

여달이 한사코 들어가려고 하는 곳은 어이없게도 최영의 저택이었다. 저택을 경비하는 갑사들은 난감하기 짝이 없었다. 잠시 후면 최영이 입궐하기 위해 나올 텐데, 이놈이 계속 소란을 피우면 호되게 꾸중을 들을 것이었다. 어디 한 군데를 분질러서 몰아내면 그만이었지만, 최영은 수하들이 함부로 손을 쓰는 것을 그리 좋아하지 않았다. 그래도 최영의 위엄이 높았기 때문에 시끄럽게 만드는 자들이 없었는데, 웬 미친놈이 나타나 반드시 들어가야 한다고 난리를 치는 것이었다. 게다가 이 댁의 주인이 누구인지도 모르면서도 들어가려고 하고 있으니 더욱 기가 막혔다. 미쳐도 단단히 미친놈이 분명했다.

"좋은 말로는 안 될 놈이로구나!"

참다못한 갑사가 여달의 멱살을 잡았다. 저만치 메다꽂아 내쫓으려는데 안에서 최영이 나왔다.

"아침부터 무슨 소란이냐!"

갑사가 미처 대답하지 못하고 있는데 여달이 대문을 가리키며 외쳤다.

"저 대문은 앞으로 석 달을 가지 못하고 무너질 것입니다! 소인은 그것을 알리려고 했을 뿐입니다!"

그 말에 최영이 대문을 돌아보았다. 육중해 보이는 지붕을 이고 우뚝 선 솟을대문은 아무리 보아도 멀쩡했다. 비록 오래되기는 했으나 튼튼하기 짝이 없는 집이라 앞으로도 계속 대를 이어 물려줄 작정이었는데, 대문이 무너질 것이라고 단언하고 있으니 믿기 어려운 노릇이었다. 게다가 대문이 무너지는 것은 지극히 불길하지 않은가. 죽고 싶어 환장했거나 미친놈이 아니라면 감히 최영을 찾아와 그런 악담을 할 수는 없을 것이었다. 가만히 바라보던 최영이 나직하게 말했다.

"대체 무엇을 근거로 그 따위 요망한 소리를 나불대는 것이냐?"

마치 늙은 호랑이가 이빨을 가는 것 같았다. 담이 약한 사람은 숨도 제대로 쉬지 못할 정도로 무서운 위엄이 풍겼다. 그러나 여달은 조금도 두려워하지 않았다.

"대문의 왼쪽 기둥이 좀 먹었기 때문입니다."

여달이 자신 있게 말했다.

"기둥 속을 꿰뚫어보다니, 네놈의 눈이 천안통天眼通이라도 된다는 말이냐!"

"소인에게 기둥을 꿰뚫어보는 재주는 없습니다. 하오나 한때는 고려 제일의 도편수라는 소리를 들으며 대목들을 이끌었던 행수였습니다."

여달은 대문이 미세하게 왼쪽으로 기울었다는 것을 지적했다. 보통 사람들은 절대 알아챌 수 없겠지만 경지에 도달한 여달의 눈은 이상 징후를 정확하게 포착해 내었다.

"하루 빨리 손을 쓰지 않으면 무너지고야 말 것입

니다. 만일 그때 사람이 출입하다가…….”

“좋다. 네놈의 말이 틀렸다면 어찌하겠느냐?”

“목을 바치겠습니다!”

곧 쇠꼬챙이와 망치가 준비되었다. 진맥하는 의원처럼 주의 깊게 기둥의 여기저기를 두드려 본 여달이 꼬챙이를 대고 망치질을 하는데 손놀림이 귀신같았다. 정확한 속도와 강도로 꼬챙이를 때리는 망치질은 황홀하기까지 했다. 열 번을 약간 넘게 때렸을 때 갑자기 곡식자루를 쑤신 것처럼 꼬챙이가 쑥 들어갔다.

“어이구, 신수가 훤하십니다. 그려.”

빈청賓廳에서 최영을 만난 이인임이 빈정거리는 투로 말했다. 최영이 운봉에서 왜구를 대파한 공으로 수문하시중이 된 것이 배가 아픈 모양이었다. 슬쩍 찔러보았다가 역정을 내면 뭐 그런 것 가지고 그러느냐고 핀잔을 줄 생각이었는데 최영은 전혀 반응이 없었다. 가만히 살펴보니 뭔가를 골똘하게 생각하는 것 같았다.

“무슨 생각이 그리도 깊으시오?”

이인임이 툭 건드리자 최영이 흠칫 놀랐다.

"이번에 영전하신 것을 진심으로 축하드립니다."

"판삼사사나 수문하시중이나 같은 종일품인데 영전이랄 게 있겠습니까."

"전하를 직접 모시는 자리인데 어찌 영전이 아니겠습니까? 단단히 한턱 내셔야 하겠소이다."

"허허허, 나중에 이야기 하십시다."

적당히 대꾸한 최영이 빈청 밖으로 나갔다. 그를 골똘히 생각하게 만든 것은 아침에 보았던 자칭 고려제일의 도편수였다는 놈이었다. 한눈에 대문 기둥이 좀먹었다는 것을 발견한 것도 놀라웠지만, 최영은 그런 것을 골똘히 생각할 정도로 한가하지 않았다. 목수의 얼굴이 상당히 낯익었다. 얼굴뿐 아니라 목소리까지 그리 낯설지 않았다. 아무래도 예전에 많이 본 것 같았는데, 언제 어디서 만났는지 기억이 나지 않았다.

한양을 굽어보는 북한산의 바람은 시원하고 청명했다. 북한산 아래 초막을 짓고 아이들에게 글을 가르치던 정도전이 밖으로 나왔다. 다행히 유배가 일찍 풀려 고향으로 돌아갔다가 한양으로 오게 된 것은, 개경 소식을 빨리 접하고 다시 등용될 때까지 기다리는 무료함을 달래기 위함이었다. 그러나 그에게는 기회가 주어지지 않았다. 정권을 잡은 이인임 등의 친원파에게 미운털이 박힌 탓이 컸지만, 학자 출신의 관료들도 정도전을 그리 달갑게 여기지 않았다. 적수를 찾을 수 없을 정도로 실력이 뛰어난 것만 해도 주변의 질시를 받기에 충분한데다, 타협과 요령이 없는 그는 적이 많았다. 정도전의 재능을 잘 아는 이색 등의 인물이 힘을 써보려고 해도 정도전을 배척하는 자들이 많았기 때문에 개경으로 돌아가기 어려웠다. 그렇다고 해서 자신의 뜻을 꺾을 생각은 추호도 없었다. 뜻을 꺾고 시류에 영합하느니 차라리 초야에 묻히고 말 것이다.

느닷없이 도끼질 소리가 들렸다. 개경에서 나온 벌이사伐李使들이 일꾼들을 독려하여 배나무를 찍어 넘기는 소리였다. 애꿎은 배나무를 베고 찍는 것은 최근 퍼지고 있는 '목자득국木子得國'에 대한 반작용이었다. 목자木子의 성을 쓰는 사람이 나라를 얻는다는 것은 곧 이李씨가 반역한다는 것이었다. 배는 이씨를 상징했는데, 요즘 한양에서는 이상하게도 배나무가 많이 자랐다. 그것을 불길하게 여긴 조정에서는 한양에 관리를 파견하여 배나무가 눈에 띄는 족족 베어버리게 했다. 배나무를 베는 관리들을 벌이사라고 했는데, 정도전이 보기에는 정말로 한심한 짓이었다. 아무렴 배나무의 씨를 말린다고 해서 망할 나라가 망하지 않겠는가. 저런 데 쓸 돈과 노력이 있다면 굶주리는 백성을 구제해야 마땅했다.

— 이李 씨라…….

정도전이 보기에는 이씨 가운데 특별히 혐의가 가는 자가 없었다. 최근 이성계가 이름을 떨치기는 하였으나 반역을 도모할 그릇은 아닌 것 같았다. 백오십 년쯤 전에 외척으로 강대한 권력을 잡고 왕이 되기 위해 반역한 이자겸李資謙과 무신의 난 초기에 일자무식으로 정권을 잡았던 이의민李義旼이 다시 환생한다면 모를까, 현재의 이씨가 반역할 확률은 전무했다. 지금 전파되는 '이씨 반역설'은 이인임을 겨냥한 것일 확률이 높았다. 권력을 잡고 조정을 농단하는 이인임에게 염증을 느낀 누군가가 퍼뜨렸을 것인데, 그것에 놀아나 배나무를 베고 있는 자들이 한심하기 짝이 없었다.

"배나무도 생명이다! 무엇 때문에 애꿎은 생명을 죽이려는 게냐!"

기골이 장대한 승려가 벌이사를 가로막았다. 벌이사의 명령에 일꾼들이 달려들었다. 승려가 몇 차례 주먹과 발길을 휘두르자 전부 나가떨어졌다. 도끼를 잡은 승려가 벌이사에게 호통을 쳤다.

"네놈의 허리를 저 배나무들처럼 찍어줄 테니 이리 오렸다!"

사색으로 질린 벌이사와 일꾼들이 줄행랑을 치자 승려가 도끼를 던지고 껄껄 웃었다.

"허허, 승려분이 정말 대단하십니다, 그려."

정도전이 감탄했다.

"아무렴 삼봉三峰 선생만큼이야 하겠습니까?"

"저를 아십니까?"

"소승은 무학이라 합니다."

"아! 그 유명한 깡패……."

정도전이 입을 다물고 무안한 듯 웃었다. 무학도 껄껄 웃었다. 잠시 후 정도전이 수업을 파했다. 공부를 하지 않게 된 아이들이 신나게 달려가 배를 따먹고 난리를 쳤다. 무학을 맞이한 정도전이 차를 권하며 환담했다.

"듣자하니 불교를 대단히 싫어하신다고 하던데, 저 같은 중놈과 자리를 함께 하면 곤란하지 않겠습니까?"

"사람 나름이겠지요."

정도전은 불교를 싫어하는 정도가 아니라 깊이 증오했다. 당시의 불교는 극도로 타락했기 때문에 뜻있는 자들의 지탄을 받았는데, 정도전은 아예 불교를 말살시켜야 한다고 생각할 정도였다. 그러다보니 자연히 승려를 싫어하게 되었으나, 무학의 기개와 학식에는 감탄할 수밖에 없었다. 오늘 처음 만나는 사이였지만 마치 십년지기처럼 마음이 통했다. 대화의 심도가 깊어지자 무학이 지필묵을 청했다. 정도전도 무학의 뜻을 알아채고 함께 글을 썼다. 글을 쓴 두 사람이 서로에게 보였다. 무학이 쓴 것은 개開였으며 정도전은 파破를 썼다. 두 사람이 서로의 글자를 뚫어지게 바라보았다.

새벽을 또박또박 가르는 것 같은 맑은 타격음에 최영이 눈을 떴다. 한 턱 내기 위해 마신 숙취가 남았지만 입궐하는 데는 지장이 없었다. 입궐 채비를 차린 최영이 밖으로 나갔다. 노복들이 대령한 가마를 타고 밖으로 나가려던 최영이 멈췄다. 최영이 망치로 끌을 때리던 여달을 불렀다.

"저것이 무엇이냐?"

최영이 가리킨 것은 여달이 끌질하던 목재였다.

"예, 인방으로 쓰려는 것입니다. 정문이 기울어진 것은 한쪽 기둥이 좀을 먹었기 때문이 아니더이까? 그쪽으로 힘을 받는 바람에 지붕을 받친 인방에도 무리가 갔습니다. 그리하여 기둥과 인방을 교체하기 위해 마름질을 하고 있는……."

"이놈! 어디라고 요망한 혓바닥을 놀리는 게냐!"

최영이 마른벼락 같은 호통을 쳤다. 노복들이 벌벌 떨었다. 최영에게 저런 호통을 듣고 무사한 자가 없었다.

"어디서 허섭스레기를 가지고 와서 재목이라고 속이려 드는 게냐! 내가 소경인줄 알았더냐!"

아닌 게 아니라 최영이 가리킨 것은 새것이 아니었다. 대패질을 하여 매끈하기는 했으나 이미 기둥으로 사용하던 것을 떼어낸 흔적이 역력했다.

"그렇습니다. 어르신께서 가리키신 것은 폐가廢家에서 가져온 목재이옵니다."

"무엇이? 이놈이 정녕 죽고 싶어 환장한 것이 아니

더냐!"

최영이 펄펄 뛰었다. 고려 제일의 청백리로 자타가 공인하는 최영에게 감히 헌 것을 들고 와서 새것으로 속이려다 들켰으니 크게 경을 치고도 남을 것이었다. 그런데 정작 여달은 조금도 두려워하지 않았다. 두려워하기는커녕 바쁜 사람 붙잡고 무슨 쓸데없는 소리 지껄이느냐는 것처럼 심드렁하기까지 했다.

"중요한 것은 겉모양에 있지 않습니다. 재목은 껍데기가 새것이냐 헌것이냐가 중요한 것이 아니라, 재질이 단단하고 치밀하며 벌레를 먹지 않고 습기에 강해야 하는 것입니다."

"그래서 저것이 그런 재목이란 말이냐?"

"그렇습니다. 저것을 찾느라 꼬박 나흘이나 걸렸습니다."

"이놈이 또 거짓말을 하지 않느냐! 폐가에서 대충 떼어왔을 텐데 어찌 나흘이나 걸렸다는 말이냐? 품삯을 올리기 위해 별 수작을 다부리는구나!"

"제 말씀을 더 들어보시지요."

여달이 보채는 아이를 타이르는 것처럼 말했다. 기가 막힌 최영이 입을 다물었다.

"기둥을 둘 다 바꾸려면 새것으로 하는 것이 좋을 것입니다. 그러나 하나는 충분히 쓸 수 있지 않습니까? 쓸 수 있는 것을 바꾸는 것은 낭비입니다. 그뿐이 아닙니다. 기둥과 인방을 새것으로 바꾸면 지붕까지도 손을 대야 할 테니 더욱 낭비가 아니겠습니까? 그것은 어르신께서 바라는 바가 아닐 것입니다."

"……."

"교체하는 목재는 기존의 것과 재질과 수명이 최대한 같아야 합니다. 그렇지 않으면 내부에 누적된 균형이 맞지 않아 오랜 세월을 버티기 어려우며 문을 드나드는 사람에게도 좋지 않은 기운이 스미게 됩니다."

여달이 계속해서 교체할 기둥이 태백산 지역에서 난 소나무로서 50년 정도의 나이에서 베었으며, 이 집이 지어진 지 백 년 가까이 된 것을 감안했다는 것을 말했다.

"같은 재질을 찾는 것은 그리 어렵지 않았지만 나이와 세월까지 맞추려니 여간 까다롭지 않았습니다. 그래도 나흘을 돌아다닌 결과 흡사한 것으로 맞출 수는 있었습니다."

"알겠다. 너와 수하들의 품에서 나흘 치를 더해주마."

"굳이 그러실 필요는 없습니다. 그저 재목 값과 나머지 품이나 제대로 쳐주시면 되겠습니다."

"허허허, 그렇게 해 주겠다."

최영이 어이없게 웃었다. 최영이 목수들에게 밥과 고깃국을 듬뿍 먹이라고 명한 다음 가마를 재촉했다. 어제 마신 술이 확 깨는 기분이었다. 가끔씩 숙취가 급격히 깨는 경우가 있기는 했지만 이렇게 기분 좋게 깨기는 처음이었다. 나가던 최영이 흘긋 돌아보았다. 아무리 보아도 여달은 낯익었다.

종들과 관음사觀音寺에 온 강씨의 표정이 그리 밝지 않았다. 자식을 점지받기 위해 불공을 한다는 핑계를 대어 개경으로 왔는데, 이성계는 아예 말리지도 않았고, 본부인 한씨도 보지 않게 되어 시원하다는 기색이었다. 그건 그렇다고 쳐도 예전에는 개경에 오면 보이는 모든 것이 새롭고 신기했는데 이제는 그렇지 못했다. 나이가 서른을 넘기고 세상물정을 알게 된 다음부터는 별로 사는 맛이 없었다.

천방지축이던 강씨를 우울하게 만든 것은 자식의

부재不在였다. 일찍 시집간 친구들은 자식을 혼례 시키는 판에 아직도 자식이 없다보니 민망하기 짝이 없었다. 역시 자식은 있어야 했다. 이성계의 관심이 식어버린 것 역시 자식이 없기 때문이었다. 자식을 낳아 기르는 기쁨을 누릴 수 없다는 것은 여자로서 너무나 불행한 일이었다. 혹시 병이 있나 싶어 이름난 의원들에게 진맥을 받아 보아도 아무런 이상이 없었다. 그렇다고 해서 이성계가 이상이 있는 것도 아니었다. 아무래도 이성계와는 뭔가 맞지 않는 것이 분명했다. 올해까지 아무런 소식이 없다면 가부간의 결단을 내려야 한다고 생각했다.

우울한 표정으로 경내를 걷던 강씨의 눈이 크게 뜨였다. 어떤 사내가 절의 내부가 그려진 그림 같은 것을 들고 상좌로 보이는 승려와 뭔가를 의논하고 있는데, 그렇게 멋있고 듬직할 수 없었다. 부유하게 살아 멋진 남자들을 적지 않게 대해본 강씨가 보기에도 너무나 잘생기고 멋있었다. 애석한 점은 목수 관계의 일을 한다는 점이었는데, 그것만 빼고 나면 흠잡을 데가 없었다. 저 사내가 비단옷을 차려입고 나가면 개성의 귀부인들이 뒤집어질 게 분명했다. 뚫어지게 사내를 바라보던 강씨가 종들을 먼저 돌려보냈다.

부분적인 보수를 하기 위해 관음사를 찾았던 궁호가 돌아갈 채비를 했다. 주지와 상좌에게 잘 말해 놓았으니 이번에도 좋은 조건으로 일을 할 수 있을 것 같았다. 돌아가려던 궁호의 앞에 웬 귀부인이 나타났다.

"그대는 목수인가?"

귀부인이 궁호를 빤히 바라보며 말했다. 궁호가 얼른 허리를 숙였다.

"그렇기는 합니다만, 어떤 하명下命이라도 계신지요?"

"우리 집이 오래되어 고쳐야 할 일이 있는데 그대가 수고해 주면 안 되겠는가?"

"마님의 뜻은 매우 감사하오나……."

궁호가 매우 바빠 곤란한 점을 설명하려 하는데 귀부인이 야릇하게 웃으면서 말했다.

"나의 아버지가 누군지 모르겠지?"

"……."

"자네는 나의 일을 해주어야만 할 것이야. 내 말 알아듣겠는가?"

"알겠습니다. 마님의 댁이 어디신지 말씀하시면 내일 찾아뵙고 일을 하도록 하겠습니다."

"잠시 후 후문 옆에 있는 행랑으로 오게나. 거기서 공사에 대한 상의를 해야 할 테니까."

귀부인이 말한 곳은 관음사에서 가장 후미진 장소였다. 상좌에게 두둑이 재물을 주기로 약속했기 때문에 방은 깨끗이 치워지고 좋은 이불이 깔려 있을 것이었다. 귀부인이 두근거리는 가슴을 안고 그쪽으로 향했다. 이번에는 부처님의 영험을 얻을 수 있을 것 같았다.

"따라 오렸다!"

갑사의 우두머리가 여달을 데리고 갔다. 공사가 끝났으니 청지기를 통해 곡식으로 품삯을 쳐주면 될 것인데 무엇 때문에 직접 찾는 것인지 알 수 없었다. 잠시 후 여달은 최영의 거처로 들어가야 했다. 비록 검소하다고 해도 여기는 당대의 권력자가 거처하는 곳이 아닌가. 자꾸만 입술이 타고 뒤가 켕겼다.

"앉아라."

최영이 묵직하게 말했다. 여달이 꿇어앉자 호랑이 같은 최영의 눈빛이 쏘아졌다.

"지금부터 내가 묻는 말에 조금의 거짓도 없이 대답해야 할 것이다."

최영이 묻는 것은 여달이 태어난 이후 지금까지의 행보였다. 가급적 소상하게 기억하여 대답하던 여달은 무학도 똑같은 것을 물어보았다는 것에 생각이 닿았다.

"그렇다면 네놈은 개태사의 승간소생이었다는 말이냐?"

"거기서 태어나고 열 살까지 자랐으니 당연하지 않겠습니까?"

"그렇지만 네 어미에게 직접 들은 것은 아니지 않느냐?"

"어미가 일찍 죽기는 하였지만 그렇지 않았다고 하더라도 승간소생인 것이 무엇이 좋다고 일깨워주겠습니까?"

"그래도 뭔가 이상한 점은 없었느냐?"

가만히 생각하던 여달은 개태사의 승려들이 비교적 잘 대해주었다는 점이 떠올랐다. 개태사는 그렇게 타락한 사찰이 아니었다. 개태사를 떠난 이후 가끔씩 그곳이 그리웠다. 이리저리 듣게 된 개태사의 평판은 상당히 좋은 편이었다. 하지만, 그런 사찰이라고 해서 승간소생이 태어나지 말라는 법은 없지 않은가. 자신은 어쩔 수 없는 승간소생에 지나지 않을 뿐이었다.

"혹시 나 말고 누가 이런 것을 묻지 않았느냐?"

"한 사람 있었습니다."

"그게 누구냐? 어서 말하렸다!"

최영이 추궁하자 여달은 괜히 말했다고 후회했다. 그러나 기왕 말해버린 것을 어쩌겠는가.

"흐음, 무학이라……."

최영의 눈이 날카롭게 빛났다. 잠시 후 최영이 큼직한 은덩이를 던져주었다.

"셈은 곡식으로 치르기로 하지 않았습니까?"

"그것은 네 계집의 몫이다."

"그게 무슨 말이십니까?"

"네 계집을 치어죽인 장군은 아무래도 동북면 병마사가 분명한 것 같다. 그러나 일부러 그런 것도 아니고 전란을 평정하기 위해 전마戰馬가 급히 달리는 곳으로 뛰어든 네 계집의 잘못이 크지 않느냐? 네게는 진정으로 가슴 아픈 일이겠지만 내가 대신 배상할 테니 왕생극락을 빌어주도록 해라."

"그런 것은 필요 없습니다! 사람의 목숨을 어찌

은으로 셈하려 하십니까?"

여달이 사양하고 일어나려 하자 최영의 눈에서 불이 튀었다.

"이놈이 죽고 싶어 환장하였느냐!"

최영의 호통에 거처가 쩌렁 울렸다.

"네놈이 사람이라고 생각하느냐? 승간소생이 사람 축에 끼일 수 있다는 말이더냐!"

"……."

"그래도 네놈의 재주를 기특하게 여겨 죽은 계집에게 약간의 금품을 내려 위로하려는 것인데, 승간소생 주제에 어찌 이토록 무례할 수 있다는 말이더냐! 다시 절로 끌려가 짐승처럼 살고 싶으냐?"

"주, 죽을죄를 지었습니다."

여달이 꿇어앉아 용서를 구했다. 여달을 쏘아보던 최영이 나직하게 한숨을 쉬었다.

"비록 천한 놈의 계집이었지만 지아비를 섬기고 위했던 정성이 갸륵하여 내리는 것이다. 그러니 가까운 절에라도 가서 왕생극락을 비는 데 쓰란 말이다."

"반드시 그리 하겠습니다."

"네 출신의 비밀을 알게 되었지만 다시 천예로 떨

구지는 않겠다. 그리고 네놈과 수하들의 먹고살 거리는 충분히 마련해 줄 것이니 일전처럼 아무나 찾아가서 쓸데없이 날치지 말도록 해라. 또한, 여기서 있었던 일은 절대 비밀로 부쳐야 할 것이다."

이해할 수 없었지만 최영이 시키는 대로 할 수밖에 없었다. 여달을 내보낸 최영의 눈이 무서운 빛을 발했다.

우왕 7년(1381) 2월, 동북면 함주에는 겨울의 체취가 물씬 풍겼다. 10월 말에 찾아온 동장군의 위세는 아직도 등등했다. 저녁을 물린 이성계가 한씨와 마주 앉았다.

"같은 부처님도 개경에 계시는 분이 훨씬 영험한 것을 보니 말은 제주도로 보내고 사람은 개경으로 보내라는 말이 딱 들어맞는 거 같습니다."

한씨가 짓궂게 말했다. 불공을 드리기 위해 개경으로 내려갔던 강씨가 부처님의 영험으로 임신했다는 소식이 당도한 이후부터 가끔씩 이렇게 놀리곤 했다. 한씨는 강씨가 임신한 시기에 의구심을 가졌지만 여기에서 임신한 다음 개경에 당도하여 알았을 개연성도 충분했다. 사유야 어떻든 간에 한 남자를 섬기는 여자로서 기분이 흔쾌할 리가 만무했다. 후덕한 편이어서 강짜나 억지를 부리지는 않았지만, 가끔씩 이렇게 이성계를 쿡쿡 찌르기도 했다. 이성계가 굳이 타박을 주지 않는 것은 한씨와 강씨의 집안 차이가 너무 크기 때문이었다. 한씨의 집안이 이성계에게 아무런 도움이 되지 못하는 반면, 강씨의 집안은 세력도 만만치 않은데다 직접적인 도움이 되지 않는가. 한씨도 그런 것을 잘 알기 때문에 가급적 신중하게 처신하는 것인데 약간의 투정마저도 받아주지 않는다면 사내로서의 자격도 없다 할 것이다.

"이제 방원이도 장가를 들여야 하지 않겠습니까?"

"그래야겠지."

이성계의 다섯째 아들 방원도 이제 만으로 열넷이 되어 혼처를 알아볼 때가 되었다. 최근에 공을 많이 세워 비중이 높아졌기 때문에 그들 부부는 방원의 혼사에 상당한 기대를 걸고 있었다. 권력에 근접한 사람들이 대부분 그렇지만 특히 이성계처럼 중앙의 연줄이 없는 사람에게 자식의 혼사는 대단히 중요했다. 부족한 인맥과 배경을 얻기 위한 수단으로 혼맥婚脈만큼 확실한 것이 없었다. 이성계 자신부터가 크게 체감하고 있는 만큼 먼저 혼인시킨 아들들과의 연결까지도 염두에 두어야 했다.

"알아본 댁이 있습니까?"

"민제閔霽 대감댁이면 어떻겠소?"

민제는 명문인 여흥 민씨로서 학식이 높아 일찍이 급제하고 높은 벼슬을 역임한 사람이었다. 방원이가 그 집안의 사위가 되면 든든하게 기댈 언덕이 되어줄 수 있을 것이다.

"그런데 그쪽 집안에서 어떻게 생각할까요?"

"아직 접촉하지는 않았지만 그리 어려울 것 같지는 않소. 그쪽도 우리를 필요로 할 테니까."

"아무튼 잘 되었으면 좋겠네요."

한씨의 안색이 그리 좋지 않았다. 방원이가 장가를 들면 처가살이를 해야 할 것에 생각이 미친 탓이었다. 아직 어린 방원이를 개경으로 보낼 생각을 하니 그만 가슴이 미어졌다.

"아직 통지도 넣지 않았는데 무슨 청승이오. 성혼하려면 내년이나 되어야 할 것이니 그때 걱정해도 늦지 않을 것이오."

짐짓 퉁을 놓는 이성계의 마음도 편치 않았다. 당장 내일이라도 전쟁에 나갔다가 죽게 되면 장남 방우는 벼슬에서 떨려날 것이고 방원과 막내 방연芳衍이는 아예 총각귀신으로 늙어 죽을 판이었다. 이제는 자식들 때문에라도 살아남아야만 했다.

예성강의 봄은 아름답고 활기찼다. 생명을 그득 담은 신선한 즙액 같은 물결과 보이지 않는 솜을 올올이 풀어낸 것 같은 바람의 살결에서 봄의 향취가 짙게 풍겼다. 예성강의 흐름이 잉태한 벽란도碧瀾渡도 겨울의 속박에서 벗어났다. 태조(太祖, 왕건) 시절부터 국제무역항으로 각광받고 각국의 상인들과 사신들로 발 디딜 틈이 없었던 과거의 영광을 찾기는 어려웠지만, 그래도 고려에서 가장 부유하고 활발한 곳이었다.

"술 더 주시오! 고기도 더 내고."

주막에 든 여달이 술과 고기를 청했다. 자신이 먹고 마시려는 것이 아니라 수하들에게 먹일 것이었다. 그를 따르는 젊은 목수들은 신명을 바쳐 일을 배웠다. 그들을 가르치며 함께 일하는 것은 정말 보람 있었다. 오늘은 그들과 함께 애쓴 공사를 마친 날이었다. 벽란도에서 제법 행세하는 상인의 첩이 살 별장을 지어주었는데, 품삯을 아주 넉넉히 쳐주었다. 품삯으로 받은 곡식을 수하들에게 골고루 나눠준 여달은 술과 고기를 양껏 먹였다.

그때 갑자기 수하들이 웅성거렸다. 언뜻 고개를 들어보니 궁호가 보였다. 궁호가 빙그레 웃으며 앉았다. 잘 차려입은 궁호는 정말 멋있었다. 귀한 집의 서방님이라고 해도 믿을 것 같았는데, 차림과 어울리지 않게 술 냄새가 풍겼다. 이미 적지 않게 마신 모양이었다.

"자네가 여기는 웬일인가?"

"벽란도의 어떤 상인과 일에 대한 이야기가 있어서 왔다가 마침 사형을 보게 된 것입니다. 모처럼 사형과 술이라도 한잔 나누는 것도 나쁘지 않을 것 같군요."

"나는 자네의 사형이 아닐세. 행수와 신표를 자네에게 넘기고 마을을 나선 지가 어언 칠년이나 지나지 않았는가. 그리고 나는 술을 마시지 않는다네."

"그냥 사형이라고 부르겠습니다. 달리 부를만한 것이 없으니까요."

술을 쭉 들이켠 궁호가 그릇을 탁! 내려놓았다.

"술을 끊는 것이야 사형의 마음이겠지만, 목수 일

은 하면 안 되는 것 아닙니까?"

"원래대로 하면 그렇겠지. 잘못을 저질러 마을을 떠난 자는 다른 일을 하게 되어 있으니까."

여달이 허망한 눈으로 먼 하늘을 바라보았다.

"은애의 뜻을 따르는 것뿐이네. 은애가 죽을 때 약속했거든. 다시 목수 일을 하여 뜻을 이루라고 말일세."

"아, 그렇습니까?"

궁호가 차갑게 비웃었다.

"그건 그렇고, 사형이 요즘 지은 별장이 무슨 용도로 쓰일 것 같습니까?"

"부호가 첩을 위해 지은 별장이니 그와 계집이 놀아나는 장소가 될 테지."

"그렇게 추악한 곳을 왜 지으셨습니까? 회암사의 중건을 내팽개친 고고하고 깨끗하신 분께서 말입니다."

"……."

"잘난 사형 덕분에 그때 하마터면 파약을 당할 뻔했습니다! 파약을 당하면 어떻게 된다는 것을 설마 모르시지는 않으시겠지요? 식솔들이 굶어죽어도 더러운 중놈들과 타협할 수 없다던 사형께서 남을 등쳐

먹어 부호가 된 놈이 계집을 희롱하는 별장을 지어준다는 것이 대체 말이나 됩니까? 게다가 자신의 말을 싹 바꾸어 하면 안 될 목수 일을 하는 핑계로 죽은 마누라를 끌어대고 있으니 참으로 대단하신 도편수이십니다, 그려."

"굳이 변명할 생각은 없네. 내가 잘못한 것은 사실이고 해서는 안 될 목수 일을 하는 것도 사실이니까. 하지만 은애의 뜻이라는 것은 절대 거짓이 아냐. 자네가 믿든 말든 상관하지는 않겠지만 은애를 모독하지는 말아주게나."

"당신이 그런 말을 입에 담을 자격이나 있소! 은애를 실컷 고생시키다가 죽게 만든 주제에 이제 와서 은애가 어쩌고 어째?"

긍호가 여달에게 술을 끼얹었다. 참다못한 수하들이 주먹을 움켜쥐고 일어났다. 그들을 제지한 여달이 쓰게 웃으며 일어섰다.

"누가 뭐라고 하던 나는 은애와의 약속을 지킬 것이네."

그 말에 긍호가 흠칫 놀랐다. 멍하게 바라보던 긍호가 이를 악물고 벌떡 일어났다.

"너를 꺾고야 말겠다! 그리하여 누가 고려 제일의

도편수인지 입증하도록 할 것이다!"

"자네의 솜씨도 만만치 않으니까 열심히 연마하면 좋은 결과가 있겠지. 하지만 자네가 아직 갖추지 못한 게 있는데 그것이 뭔 줄 아나?"

여달이 술그릇으로 사용하는 막사발을 집어 들었다.

"도공陶工은 자신의 작품이 잘못되면 간단히 없애 버릴 수 있지. 이렇게 말일세."

여달이 막사발을 집어던지자 둔탁한 소리와 함께 박살나버렸다.

"하지만 우리는 그렇게 안 되지. 자신의 솜씨가 마음에 들지 않는다고 해서 이미 사람이 살고 있는 집을 허물 수야 없지 않겠나? 그게 도공과 목수의 차이일세."

말을 마친 여달이 수하들을 이끌고 사라졌다. 여달의 뒤통수에 욕설을 퍼붓던 공호가 남은 술을 벌컥벌컥 들이켰다.

그믐

관솔불이 자꾸 가물거렸다. 관솔 조각을 더 넣어도 송진 타는 연기만 더할 뿐 그리 밝아지지 않았다. 정도전은 관솔처럼 가물거리는 정신을 다잡았다. 낮에는 아이들을 가르치고 저녁에는 하루도 빠지지 않고 저술하고 있는데, 먹는 것이 시원찮다보니 졸린 것은 다음이고 허기 때문에 정신이 어지러울 때가 한두 번이 아니었다. 그때마다 물이라도 한 사발 들이켜야 했다. 한 쪽에 떠 놓은 물그릇을 잡으려는데 밖에서 인기척이 났다. 이 밤중에 누군가 하여 밖으로 나갔더니 눈에 익은 형체가 어른거렸다.

"아니? 무학 대사님이 아니십니까!"

"아직도 소승을 기억하시니 황감하기 이를 데 없소이다."

"어서 들어오십시오."

위험하기 짝이 없는 밤길을 혼자 돌아다니다니 과연 대단한 사람이었다. 방에 들어간 무학이 흘긋 정도전의 저술을 훑었다. 정도전이 저술을 치우고 자리를 마련했다. 뭔가 대접을 해야 할 텐데 너무 궁색하다보니 마땅히 대접할 만한 게 없었다. 대접은 고사하고 방이 추워 앉으라고 권하기가 민망할 지경이었다.

"학사學士는 불이나 피우시오."

무학이 바랑에서 이것저것 꺼내더니 아궁이의 솥에 넣었다. 얼마가 지나자 방에 온기가 들고 시래기죽이 먹음직한 김을 피우며 끓었다. 무학이 '군자라고 해도 먹을 때는 체면을 차리지 않는 법'이라고 하여 파탈하고 배부르게 퍼먹었다. 비록 시래기죽이라도 언제 이렇게 배부르게 먹어보았는지 가물거렸다.

"불타가 무슨 죄가 있겠습니까? 불타를 이용하여 재물을 얻으려는 중놈들이 문제지요."

무학이 말한 것은 정도전의 저술에 대한 반론이었다. 지금의 저술은 불교의 폐해를 비판하는 내용이었는데, 그 짧은 시간에 어두운 방안에서 어떻게 읽었는지 신기할 정도였다. 혹시 소문에 듣던 도술을 사용하는 게 아닌지 은근히 겁이 날 지경이었다.

"헌데 여기는 어인 일이십니까?"

"해남에 틀어박혀 있다가 하도 답답해서 다시 올라왔습지요."

여기저기 돌아다니다가 땅 끝 해남의 암자에서 겨울을 난 다음 다시 올라오는 중에 정도전에게 들른 것이었다.

"마음에 둔 사람이 있으십니까?"

정도전이 대놓고 말했다. 예전에 서로의 마음을 확인한 이상 거리낄 것이 없었다.

"아무리 돌아다녀도 이성계밖에 없습니다. '목자득국木子得國' 파자에도 부합되지 않습니까?"

"이성계라……."

정도전은 실망했다는 기색이었다.

"무부武夫에게 나라를 맡길 수는 없지 않겠습니까?"

"붓으로 다스리기 위해서는 먼저 칼로 일으켜야 합니다. 그러기에 가장 합당한 사람은 이성계입니다."

무학이 그동안 전국을 돌아다니며 살핀 결과를 상세히 말했다.

"이성계의 전력이 강하고 최근에 여러 차례 이겨 인심을 얻고 있다지만 결국 장수에 지나지 않는 자가 아닙니까? 정략을 모르는 자를 주군으로 섬길 수는 없습니다."

정도전은 이성계를 그리 탐탁지 않아 했지만 무학은 이성계 밖에 없다고 주장했다.

"학자들이 추종해야 한다고 주장하는 명나라를 세운 주원장朱元璋은 부모가 미천했으며 홍건적 출신이 아닙니까? 게다가 먹고살기 어려워 거지와 중까지 해먹었으니 정규의 장군인데다 조정의 벼슬까지 받은 이성계는 자격이 차고도 넘칩니다."

명을 건국한 홍무제 주원장은 집안이 가난하여 어려서 가출했다. 승려와 거지의 경력도 있는 등 먹고 살기 위해 이것저것 닥치는 대로 하다가 도적집단에까지 들어가게 되었는바, 그것이 거대화하여 반란으로 번지자 비로소 두각을 나타냈다. 주원장은 본래 두뇌가 뛰어나고 기량이 걸출한데다 운까지 따르자 마침내 명을 건국하고 황제가 되기에 이르렀다. 주원장이 황제가 된 다음 미천했던 신분을 감추기 위해 공문서나 과거 시제에 광光, 독禿, 승僧, 생生, 적賊, 칙則 등의 문자를 사용하는 것을 금지시켰다. 광光과 독禿은 빛나는 중의 대머리를 의미한다는 이유였으며, 승僧은 직접 중을 가리키는 것이라 하여 금지했다. 또한 적賊은 도적을 의미했고 칙則은 적과 발음이 같기 때문에 금지시켰는데, 금지된 것을 모르고 공문서에 해당 글자를 사용했다가 목숨을 잃는 사례까지 왕왕 발생할 정도였다.

“이성계의 조상들이 벌써 두 번이나 배반을 하였는데, 이번에 이성계를 민다면 세 번째로 배반하는 것이 아닙니까? 배반자 가문의 출신인데다가 여진족 오랑캐의 핏줄이 섞인 자는 믿기 어렵습니다.”

“우리도 천출賤出인데 뭐 어떻습니까?”

그 말에 정도전이 펄쩍 뛰었다. 그가 주류에 포함되지 못하는 데는 외가 쪽에 천한 핏줄이 섞였다는 것도 큰 이유가 되었다. 사실 여부는 알 수 없으나 그 바닥에서는 다 그렇게 알고 있었다. 가문과 족보를 생명처럼 여기는 학자들의 세계에서 천민의 후손이라는 것은 가장 큰 약점이었다. 그것을 정면으로 찔렸으니 정도전이 펄쩍 뛰는 것은 당연한 일이다.

“말씀이 지나치지 않으십니까!”

“다시 말하지만 학자들이 숭배하는 명나라를 건국한 황제는 미천한 출신에 중과 거지에다 도적까지 해먹었던 자입니다! 중요한 것은 인물과 능력이지 가문이나 출신 따위가 아닙니다!”

"대사님의 말씀이 틀리지는 않으나 이성계는 정치적인 능력이 모자라지 않습니까? 그리고 본질이 무사이기 때문에 기본적인 경륜이 부족합니다. 그것은 큰 약점이 될 수 있습니다."

"이성계에게 부족한 것은 우리가 채워주면 되지 않습니까? 세상에 완벽한 인간은 없는 법입니다. 그냥 고려를 유지하고 싶다면 학사님의 주장이 옳을지 모르겠으나 썩을 대로 썩어서 언제 무너질지 모르는 고려를 위해 피땀을 흘려서는 안 될 줄로 압니다. 학사께서 천거할 인물이 없다면 이성계로 낙착하도록 하겠습니다."

정도전은 더 이상 반박하지 않았지만 소문대로 너무 주장이 강하고 편협했다. 이러니까 따를 자 없는 학식을 가지고도 경원 당하는 것 아닌가. 정도전이 고려를 뒤엎고 새로운 나라를 세우려는 것도 지금 상태가 계속 유지되면 자신의 주장이 통할 여지가 없으니까 그러는 것 같았다. 대단히 위험한 자와 손을 잡은 것이 분명했지만 그래도 정도전만한 인물이 없었다.

궁호가 기운차게 대패질을 했다. 힘차게 당길 때

마다 날카롭고 경쾌한 소리와 함께 대팻밥이 튀어나왔다. 맑은 땀이 옷을 적시고 기분 좋게 근육이 땅겼다. 이러저런 일로 자주 마시던 술을 끊고 목공에 열중하게 된 것은 여달 때문이었다. 여달이 다시 목수 일을 하게 된 이유가 은애와의 약속 때문이었다면 일을 하지 못하게 막을 것이 아니라 정면으로 대결해서 꺾어야만 했다. 더구나 최영이 여달을 밀어준다는 소문까지 있지 않은가. 이래저래 여달은 반드시 실력으로 꺾을 필요가 있었다. 일손을 놓은 지 오래되었지만 워낙 재질이 뛰어났기 때문에 이제는 거의 예전의 솜씨를 회복했다. 앞으로 계속 연마하면 여달과 겨루어도 얼마든지 자신이 있었다. 땀에 전 몸을 씻고 옷을 갈아입은 긍호가 밖으로 나갔다.

이방우는 천천히 걸었다. 보약 첩을 든 그가 향하는 곳은 이성계가 개경에 마련한 저택이었다. 손에 든 보약 첩은 아버지의 작은 마누라인 강씨에게 줄 것이었다. 방우가 음서로 출사하여 개경에 왔을 때는 아내와 함께 그 저택에 살았는데, 어쩐 일인지 늘 친정에 있던 강씨가 들어와서 살겠다고 했다. 할 수 없이 처가로 가야 했지만 그때는 마침 방우의 아내도 아기를 가졌을 무렵이라 오히려 다행스러웠다. 강씨와는 몇 살 차이 나지 않았어도 여하튼 어머니뻘인 데다 사돈댁의 세력이 만만치 않았기 때문에 적절한 예의를 갖추어야 했다. 신중하고 예의 바른 이방우는 가끔씩 찾아가 인사를 차렸는데 오늘처럼 일찍 퇴청한 날은 꼭 찾아가 인사했다.

"작은 어머니 계시느냐?"

청지기에게 약첩을 건넨 이방우가 안채로 향했다. 안채로 들어가니 댓돌에 신발이 보이지 않았다. 몸종들에게 물어보자 후원에 있다고 하여 그쪽으로 갔다. 후원으로 들어간 이방우의 눈에 강씨가 기쁘게 웃는 것이 비쳤다. 무슨 좋은 일이 있는가 하고 인사를 드리고 가려는데 강씨 옆에 웬 사내가 있는 것이 아닌가? 의아하게 여긴 이방우가 헛기침을 하자 강씨가 깜짝 놀랐다.

"네가 갑자기 웬일이냐?"

"일찍 퇴청하게 되었기로 인사를 드리려고 왔습니다."

이방우의 눈길이 옆의 사내에게 향했다. 나이는 강씨보다 약간 많아 보였는데, 이방우가 보기에도 정말 잘 생긴 사내였다.

"이 사람은 조카뻘 되는 사람이다. 마침 이 근방을 지나다가 인사를 드리려고 왔느니라."

"처음 뵙겠습니다. 저는 이 댁의 장남인 이방우라 합니다."

이방우가 인사를 청하자 사내가 슬쩍 웃더니 강씨에게 허리를 숙이고는 나갔다. 잠시 후 이방우도 나왔는데 사내가 마주 인사하고 통성명을 하지 않은 것이 의아했지만 그럴 수도 있는 일이라고 치부했다.

체격이 웅장하고 근골이 단단한 장한壯漢들이 무학을 둘러쌌다.

"주인께서 대사님을 보는 대로 뫼시라는 명을 내리셨기 때문에 소인들과 함께 가셔야겠습니다."

"그대들의 주인은 어느 분이시오?"

"가보시면 아실 것입니다."

무학이 끌려간 곳은 최영의 자택이었다. 언뜻 고려를 뒤집으려는 계획이 누설된 게 아닌가도 생각했지만 정도전이 배반하기 전에는 그럴 우려가 없었다. 정도전은 적어도 배반할 인물이 아닌데다, 만일 그런 사안이라면 최영의 자택으로 끌려올 이유가 없지 않은가. 대체 무슨 일인지 궁금해 미칠 지경이었는데, 해가 떨어진 지 한참이나 지나서야 최영을 만나볼 수 있었다.

"중생을 구하느라 바쁜 대사를 불문곡직 모셔온 것에 대해서는 양해를 구하겠네."

"대감께서 명하셨으니 당연히 양해를 구하셔야 하지 않겠습니까?"

"과연 명불허전일세 그려."

곧 잘 차린 상이 나왔다. 요기를 마친 다음 최영이 말했다.

"대사에게 확인할 것이 있으니 협조해주기 바라네."

"소승은 그렇게 중요한 비밀을 가지고 있지 못합니다."

"그렇지 않을 게야. 여달이의 비밀을 가장 먼저 알게 된 사람은 바로 대사가 아니던가?"

무학이 가만히 최영을 바라보았다. 조금 전과는 전혀 다른 사람으로 변해버린 것 같았다.

"조금도 놀라지 않는 것을 보니 역시 보통 수양이 아니군 그래."

"어떤 것을 알고 싶으신 것입니까?"

"처음부터 마지막까지 몽땅 말하게나."

"알고 나면 후회하실 겁니다. 모르는 게 약이라는 말도 있지 않습니까?"

최영이 천천히 잔을 삼킨 다음 나직하게 말했다.

"대사만큼은 못하겠지만 내 수양도 그리 얕지는 않다네. 그리고 나도 충분히 파고들었으니까 확인하는 것에 지나지 않을 수도 있지."

"먼저 여달이를 죽이지 않겠다는 약조를 하십시오."

"대사가 무엇을 요구할 수 있는 입장이 아니라는 것은 잘 알리라 믿네. 그리고 대사 앞에 있는 사람이 그렇게 잔인하거나 포악하지 않다는 것도 알고 있지 않나?"

"좋습니다. 수문하시중 대감을 믿고 말씀드리도록 하지요."

무학이 조용히 여달의 비밀을 말했다. 최영이 크게 탄식했다.

"정말 수고 많았소."

이성계가 강씨의 노고를 위로했다. 혼인한 지 십년이 훨씬 넘어도 자식이 없어서 그만 포기하려고 했는데 아들을 낳아주었으니 더욱 고맙고 기특했다.

"이름은 지어 두셨나요?"

"아들을 낳으면 방번芳蕃으로 하려고 정해 두었지."

"무슨 번 자입니까?"

"우거질 번이오. 돌림자가 꽃다울 방이니 아주 잘 어울리는 이름이라고 할 수 있겠지."

"아아, 너무 감사합니다."

강씨가 눈물을 그렁거리며 기뻐했다. 산고를 치러서 그런지 많이 어른스러워진 것 같았다. 이성계가 가만히 아기를 들여다보았다. 출산이 늦어서 걱정했는데 의외로 아기는 크지 않았다. 한씨에게 얻었던 여덟 자식에 비교하면 오히려 작은 편이었다. 주의 깊게 아기를 바라보자 자신과 별로 닮은 곳이 없었다. 하지만 한씨 소생의 아들들도 생김새와 성격이 제각각이지 않는가. 아기가 늦게 나왔음에도 작아 보이는 것도 얼마든지 그럴 수 있는 것이었다.

"몸조리는 친정에 들어가서 하는 것이 좋지 않겠소?"

"아닙니다. 여기가 제 집이니까 여기서 하겠습니

다.”

말하는 것을 보니 더욱 기특하기 짝이 없었다. 역시 어미가 된 다음부터 많이 달라진 것 같았다.

“장군께서는 언제까지 개경에 머무르실 겁니까?”

“왜 그러시오?”

“가급적이면 장군과 오래도록 함께 있고 싶어서 그렇습니다. 그래야…….”

강씨가 얼굴을 붉히며 말을 흐렸다.

“또 자식을 가지고 싶어서 그러는 게요?”

“그렇습니다.”

이성계가 껄껄 웃었다. 아기를 낳은 지 얼마나 되었다고 또 자식을 가지겠다는 것인가. 정말 변해도 많이 변했다는 생각이 들었다. 한편으로는 흐뭇했다. 그렇지 않아도 오랜만에 출사한데다 방원이의 혼사 때문에 여기저기 돌아볼 곳이 많았다. 동북면은 확실히 안정된 상태였고 이원계와 이지란 등의 믿을 수 있는 사람들에게 맡겼기 때문에 시급히 올라갈 필요는 없었다. 열흘 쯤 후에는 강씨와 합방이 가능할 테니까 자식 하나 더 만들 여유는 있을 것 같았다.

"그래, 오늘은 무슨 일이냐?"

최영이 자상하게 묻자 여달이 대답했다.

"더 큰 일을 하게 해주시면 안 되겠습니까?"

"내가 소개해 준 것들 가지고도 충분히 먹고살 수 있을 텐데, 혹시 네놈이 중간에서 품삯을 착복한 것은 아니냐?"

"그럴 리가 있겠습니까? 천부당만부당합니다!"

여달이 펄쩍 뛰었다. 최영이 껄껄 웃자 여달이 포부를 말했다.

"비록 천하다고 하지만 사내로 태어났으면 뭔가 남다른 것을 이루고 죽어야 하지 않겠습니까? 고려 제일의 도편수가 되어 훗날에 길이 남을 공사를 이루고야 말 것입니다."

"암, 그래야지."

"허나 세상에 독불장군이 어디 있겠습니까? 큰일을 하려면 피붙이처럼 믿을 수 있고 손발이 척척 들어맞는 대목들이 있어야 할 텐데, 제 수하들은 아직 큰일을 해본 경험이 없지 않습니까? 앞으로 큰 사찰의 중건이나 대부호의 저택을 맡게 해주셔서 수하들의 안목을 키울 수 있게 해주시면 백골난망이겠습니다."

"흐음."

최영이 잠시 생각에 잠겼다. 큰 포부를 가지고 그것을 이루려는 여달이 기특하기 짝이 없었다. 큰일을 맡게 해주어 수하들을 키우게 해달라는 여달의 부탁은 당연히 들어주어야 했으며 최영은 그럴 힘이 있는 사람이었다.

"내일 당장 수하들을 이끌고 개경을 떠나도록 해라."

"지방의 큰 사찰을 소개해주시려는 것입니까?"

"그건 아니다. 지방에도 고찰들이 많으니 수하들을 데리고 다니면서 견문을 넓히도록 하라는 말이다."

"예? 그게 무슨 말씀이십니까?"

여달이 크게 놀랐다. 포부를 이루기 위해 큰일을 맡게 해 달라고 청탁하러 온 사람에게 지방의 사찰들을 견학하라니 그게 무슨 해괴한 소리라는 말인가? 견학도 공부가 되지 않는 것은 아니지만 직접 해보는 것과는 천지 차이가 났다. 한 마디로 말도 안 되는 말이었다.

"소인의 뜻은……."

"내 말은 끝났으니 그만 돌아가거라! 여비는 충분

히 줄 터이니 내일 당장 수하들을 이끌고 지방으로 가라."

"그렇다면 언제 돌아올 수 있는 것입니까?"

"내가 돌아오라고 명할 때까지 견학을 해라. 아니, 그럴 것 없이 아예 지방에 정착하는 것이 좋겠다. 돌아다니다가 마음에 드는 곳이 있으면 터를 잡고 정착하도록 해라. 거기서 수하들과 새로운 목수마을을 이루면 되지 않겠느냐? 물론 내가 도와줄 터이니 아무런 걱정이 없을 것이다."

"어르신!"

"어느 앞이라고 감히 토를 다는 것이냐? 당장 물러가지 못하겠느냐!"

최영이 크게 호통을 치는데 여달은 물러나지 않았다. 여달이 울부짖듯 외쳤다.

"소인은 다시 돌아올 것입니다! 왜 돌아와야 하는지 아십니까?"

"말해 보아라."

"아내의 뼈를 여기에 묻었기 때문입니다! 이곳에 누구도 따라오지 못할 공사를 완성하여 아내와의 약속을 이루고야 말 것입니다. 제발 약속을 지킬 수 있게 해주십시오!"

최영이 피를 토할 듯 울부짖는 여달을 측은하게 바라보았다. 마치 불구의 자식을 바라보는 부모 같은 눈빛이었다.

"좋다. 그렇다면 두 가지를 약조해라."

"말씀만 하십시오! 목숨이라도 바치겠습니다!"

"첫 번째는 불국사佛國寺를 능가할 자신이 서야 한다는 것이다."

"부, 불국사!"

여달의 눈이 찢어질듯 흡뜨였다. 고금제일의 대역사로 자타가 공인하는 불국사를 능가할 실력이라면 정녕 사람의 솜씨가 아닐 것이었다. 한동안 비지 같은 땀을 쏟으며 갈등하던 여달이 단호하게 약조했다.

"두 번째는 무엇입니까?"

"불국사를 능가할 자신이 섰거나 또는 내가 급히 부르거나 하여 개경으로 올 일이 생기면 반드시 얼굴을 알아보지 못하게 만들고 나서 돌아와야 한다. 나는 물론, 예전에 함께 했던 목수들이라고 해도 알아볼 수 없을 정도여야 할 것이다."

이번의 약조도 황당하기는 마찬가지였다. 가까웠던 사람들까지 알아보지 못하게 하려면 문둥이가 되거나 얼굴을 불로 지지는 수밖에 없지 않은가. 도대체 왜 그래야 한다는 것인가?

"좀 전에는 죽으라면 죽겠다고까지 말한 놈이 왜 망설이는 것이냐! 그만한 각오도 없이 어찌 큰일을 이루겠다는 것이냐?"

여달은 그렇게 하겠노라고 약조했다. 왜 최영이 그런 요구를 했는지 알 수 없었지만 은애와의 약속을 이루기 위해서는 그렇게 할 수밖에 없었다.

"이만 물러가겠습니다. 나중에 찾아뵈올 때까지 평안하시오소서."

여달이 활활 불타는 것 같은 모습으로 큰절을 하고 나갔다. 그의 뒷모습을 바라보던 최영이 고통스럽게 웃었다. 모든 것은 여달 자신이 전혀 모르고 있을 여달의 비밀 때문이었다. 여달을 죽이지 않기로 결심한 이상 어떻게든 지켜주어야 했다.

연복사演福寺의 초겨울은 하늘 빛깔처럼 고즈넉했다. 마른 연꽃 줄기들이 작은 기둥처럼 늘어선 연못에 늦은 기러기의 그림자가 날았다. 연못을 둘러싼 도량들이 저마다 위용을 뽐내는데, 특히 서쪽에 우뚝 선 오층 석탑은 정말 대단했다. 많은 백성들이 석탑에 배례하며 기원하거나 영험을 얻기 위해 탑을 백 번이나 돌면서 불공을 드리기도 했다. 그들 가운데는 이방우도 있었다. 국가의 제사가 있어 공무가 쉬는 날을 맞아 연복사를 찾은 이방우는 탑을 도는 사람들 틈에 섞여 차분히 공을 들였다. 부모가 평안할 것과 형제들이 영달할 것을 기원한 다음 마지막으로 자신에 대한 것을 기원했다. 부친이 공을 세움에 따라 주변의 시각이 좋아졌지만 그렇게 출세하기보다는 실력으로 인정받기를 바랐다. 부정이나 편법에 눈 돌리지 않고 깨끗이 경력을 쌓다보면 언젠가는 기회가 올 것으로 믿었다.

탑돌이를 거의 마칠 즈음 새롭게 도착하여 합장 배례하는 사람들 가운데 강씨가 보였다. 유모에게 아기를 맡기고 불공을 드리러 온 모양이었다. 인사를 해야 마땅하겠지만 탑돌이가 끝나지 않았으니 마저 마친 다음 인사를 해도 늦지 않을 터였다. 계속 탑을 돌면서 공을 들이는데 강씨가 보이지 않았다. 아마 불당으로 들어간 것 같았다. 그렇다면 굳이 인사를 할 필요는 없었다. 탑돌이를 마치면 조용히 돌아가려고 했는데, 낯설지 않은 얼굴이 또 나타났다. 가만히 생각해보니 지난번에 만났던 강씨의 조카뻘 된다고 했던 사내였다. 사내가 합장하는 시늉을 내더니 절 안으로 걸어갔다. 언뜻 뭔가 이상하다는 느낌이 들었다. 탑돌이의 대열에서 슬그머니 빠져나온 이방우가 조심스럽게 뒤를 밟았다. 사내는 아직 이방우를 보지 못한 것이 분명했다. 사내가 연복사의 후미진 곳으로 향했다. 사내가 인적이 없는 곳에 외따로 떨어진 행랑으로 들어가더니 신발을 안으로 감추었다. 덜컥 의심이 든 이방우가 조심스럽게 다가가 귀를 기울였다. 놀랍게도 남녀가 교합하는 소리가 들렸다. 잔뜩 억누른 여자의 열뜬 신음소리가 아주 귀에 익숙했다.

한참만에야 사내가 옷을 추스르고 나왔다. 얼마나 화끈하게 붙어먹었는지 멀리서 보기에도 다리가 후들거리는 것이 느껴질 정도였다. 사내를 보낸 이방우가 다시 기다렸다. 별별 생각이 다 들었지만 안에 있는 여자가 제발 모르는 여자이기를 바랐다. 얼마간 더 기다리자 마침내 문제의 여자가 밖으로 나왔다. 그 여자의 얼굴을 확인한 이방우가 그만 털썩 주저앉고 말았다.

우왕 8년(1382), 동경(東京, 경주)의 불국사佛國寺에서는 망치소리가 요란했다. 거의 구백 년 전에 창건된 불국사는 최고의 역사와 규모를 자랑하는 사찰 가운데 하나였다. 신라와 고려를 지나면서 중건이 끊이지 않았으며 세월에 풍화되어 매일 같이 고치고 수선할 곳이 생겨나 불공보다 공사가 더 많다고 해도 과언이 아닐 정도였다. 올해도 정월부터 여름에 접어든 지금까지 하루도 쉴 날이 없었다.

"조심해라, 무엇보다 안전이 우선이다."

이번에 할 일은 행랑을 보수하는 것이었다. 비록 하찮은 행랑이라고 해도 여달은 조금도 소홀히 하지 않았다. 지붕을 들어낸 다음 살펴보니 다행스럽게도 대들보는 아직 쓸 만했다. 오래된 서까래와 귀퉁이에 세워진 귀기둥(隅柱)을 갈고 벽을 새로 바르는 정도면 충분할 것 같았다. 다른 곳을 손 볼 때 철거한 목재가 유용하게 사용되었으며, 뜯어낸 부분과 치수를 상세히 기록하고 도면으로 남겨 따로 보관하게 했다.

"공양 드시고 하십시오."

육십을 넘어 보이는 늙은 승려가 불목하니들을 인솔해 왔다. 여달은 수하들에게 점심을 먹을 것을 명했다. 한참 먹을 나이에 고되게 일하던 수하들이 허겁지겁 밥과 국을 퍼 넣었다.

"시주께 늘 감사하고 있습니다."

무명無名이라는 법명의 늙은 승려가 진심으로 감사했다. 작년 초겨울에 불국사에 들어온 여달은 즉시 일을 시작했다. 솜씨가 실로 대단한데다 전혀 품삯을 받지 않아 칭송이 높았다. 날씨가 좋지 않아 일을 하지 못하는 날에는 수하들에게 도면을 그리고 보는 법과 도구 다루는 요령을 가르치거나 하여 하루도 쉬는 날이 없었다. 그런 여달을 본 승려들은 자신들도 저렇게 정진할 엄두가 나지 않는다고 혀를 내둘렀다.

"소승도 한 끼 얻어먹읍시다."

익숙한 목소리에 고개를 들자 무학의 얼굴이 보였다. 무학은 이미 수저를 꺼내든 다음이었다. 여달과 무학은 묵묵히 식사를 마쳤다. 자신이 먹은 그릇을 물로 깨끗이 헹궈 마신 무학이 고맙다고 합장을 했다.

"저쪽으로 가시지요. 드릴 말씀이 있습니다."

여달이 무학을 조용한 곳으로 이끌었다. 최영이 자신을 지방으로 내려가라 하고 올라올 일이 있으면 얼굴을 알아보지 못하게 만들어야 한다고 명한 것은 도무지 이해할 수 없었다.

"제가 천한 출신이라는 것을 알면서도 감싸주신 어르신께서 왜 그러시는지 모르겠습니다."

무학이 대답 없이 염주만 굴렸다.

"대사님께서는 그 연유를 아시지 않습니까? 제발 말씀해주십시오!"

"그 분의 뜻에 따르는 것이 시주가 사는 길입니다. 어떤 일이 있어도 불국사를 떠나지 마십시오. 소승은 그것을 알려주기 위해 온 것입니다."

무학은 최영보다 한술 더 떴다. 비밀을 알려주기 위해 찾아왔을 것이라고 짐작했던 여달은 그만 미칠 지경이었다.

"왜! 도대체 왜 그래야만 하는 겁니까? 승간소생에 지나지 않는 제가 무슨 죄를 지었다고 그러느냔 말입니다!"

울부짖던 여달이 주먹으로 기둥을 쳤다. 살이 떨어지고 피가 철철 흘렀다. 애처롭게 바라보던 무학이 말없이 불국사를 떠났다.

"오랜만에 뵙겠습니다."

정도전이 깊이 허리를 굽혔다. 이색에게 인사를

드린 정도전이 조심스레 앉았다. 앞에 앉아 있던 정몽주가 반가운 기색으로 웃었다.

"오랜만에 삼봉을 만나는군. 그동안 어찌 지냈는가?"

"뜻한 바 있어 천하를 주유하는 중일세. 개경에 온 김에 스승님을 뵙고 인사를 드리는 참이지."

정도전이 천하를 주유하게 된 것은 한양 삼각산 아래 지은 초옥이 헐리게 되었기 때문이었다. 평소 그를 못마땅하게 여기던 유생들이 몰려가 초옥을 박살낸 결과 걸인과 그리 다름없는 행색으로 길거리로 나서게 되었을 따름이었다. 말이 좋아 주유천하지 동가식서가숙東家食西家宿하며 이리저리 떠도는 것에 지나지 않았다. 그런 정도전이 왔다는 말에 동문들과 예전에 함께 근무했던 자들은 얼굴을 찌푸리고 고개를 돌렸다. 그래도 이색과 정몽주가 나와 주어 다행스러웠다. 여하튼 술이 몇 순배 돌자 분위기가 한결 나아졌다.

"그때 정말 대단했었네. 정말이지 목숨을 내놓았던 게야."

이색이 두 사람을 추켜올렸다. 공민왕 죽던 해에 주원장이 보낸 사신들이 몹시 거만하게 구는 바람에 친명親明 분위기가 흐려진데다, 고려의 호송관이 사신을 죽이고 납치하여 북원으로 망명하자 정국이 급속히 냉각되었다. 정권을 잡은 이인임이 자신의 이득에 따라 다시 친원親元으로 복귀하기 위한 방책으로 북원에게 새로 즉위한 우왕을 승인해달라고 요청하려 했을 때 신진관료들이 격하게 반발했다. 가장 먼저 반발한 곳은 중서성中書省이었다. 정도전과 임복, 박상충 등의 관리들이 '공민왕이 지성으로 친명親明 했는데 어찌 유지를 바꿀 수 있느냐'며 강하게 반발했다. 백관의 서명을 받아내야 할 이인임은 처음부터 일이 꼬이자 크게 노했다. 본보기로 정도전과 몇몇 관리들을 유배에 처했다. 그래도 반발이 계속 되었다. 당시 성균관대사성成均館大司成이던 정몽주가 앞에 나서 친원 정책으로의 회귀를 정면으로 비판하고 친명 정책의 유지를 주장했다. 그렇게 되자 뜻있는 관료들이 들고 일어나 이인임을 탄핵하고 그 일당을 사사賜死하라고 외치기까지 했다. 그러나 정권을 잡은 자들 대부분이 친원파여서 관료들로서는 역부족이었다. 이인임은 힘으로 관료들을 찍어누르고 전녹생과 박상충이 유배 가던 도중에 죽을 정도로 혹독하게 다뤘다. 비록 실패하기는 했어도 관료들의 기개를 잘 보여준 사건이었다.

"스승님께 배운 대로 하였을 뿐입니다."

정몽주가 겸손하게 말했다. 이색이 기뻐했는데 정도전은 그리 마음이 편치 않았다. 가장 먼저 앞장서서 싸운 자신은 유배를 당하고 지금까지 밖에서 떠도는 반면에, 뒤에서 눈치나 보다가 몇 마디 거들었던 정몽주는 승승장구하고 있지 않은가. 이색의 문하에서 수학受學할 때부터 비교되던 정몽주에게 한참이나 뒤지고 있는 자신이 처량하고 한심할 뿐이었다.

"앞으로는 어떻게 될 것 같습니까?"

정도전의 질문에 이색이 얼굴을 찌푸렸다.

"서로 싸우다 이기는 놈이 쥐락펴락 할 테지."

이미 이인임과 최영의 권력투쟁이 벌어진 상태였다. 지금은 조카딸을 왕비로 삼게 하는 등 이인임이 우세하지만 그렇다고 해서 최영이 아주 불리한 것도 아니었다. 크나큰 공을 연달아 세운 최영은 백성의 신망을 얻고 있었다. 최근에는 오히려 최영이 앞서는 모습조차 보이고 있기 때문에 섣불리 승부를 예측하기 어려웠다.

"내가 보기에는 그놈이 그놈일세."

정몽주가 대수롭지 않게 말했다. 이인임과 최영의

공통점은 관료에 의한 통치체제를 바라지 않는다는 것이었다. 이인임이 북원에 기대려는 의도는 북원에게 통치권을 위임받아 정권을 연장하기 위함이었으며, 그와 대립하는 최영 역시 친명을 바라지 않았다. 최영이 친명을 바라지 않는 기저基底는 그렇게 되면 관료체제를 받아들여야 하기 때문이었다. 무관인 최영이 권력의 정점에 있을 수 있는 이유는 전쟁 덕택이 아닌가. 명과 원이 갈등하고 홍건적과 왜구들까지 창궐하여 이미 수십 년이나 전쟁을 치렀으며 지금도 전시상태가 계속 유지되고 있기 때문에 최영이 출세할 수 있었던 것이다. 그런 상황에서 명나라를 종주국으로 섬기게 되어 평화가 정착된다면 자연스레 관료체제로 들어가게 될 텐데, 그리 되면 지금 최영이 누리고 있는 특혜를 모조리 반납해야 할 것이었다. 경위는 다르지만 이인임 역시 친명이 사형선고나 마찬가지인 관계로 필사적으로 친명을 막고 있었다.

"앞으로 어쩌실 생각이십니까?"

"일단 계속 친명정책을 주장하면서 사림士林의 힘을 기를 수밖에 없겠지."

이색의 대답에 하마터면 웃음이 터질 뻔했다. 정

도전은 역시 어쩔 수 없는 자들이라고 생각했다. 비교적 나은 최영이 집권한다고 해도 친명정책을 주장하는 관료들을 힘으로 찍어 누를 게 빤하지 않은가. 언젠가 친명이 가능하기는 하겠지만 또 다른 세력들이 정권을 잡은 다음일 것이었다. 그런 판에 주둥아리로만 친명을 주장하고 관료의 기본이 되는 사림의 양성에 주력한다는 것은 허울 좋은 공염불에 지나지 않는다. 친명정책을 도입하고 관료체제로 들어가는 가장 빠른 방법은 친명을 반대하는 이인임과 최영 같은 놈들을 모조리 죽이고 회생 불가능한 고려를 뒤엎어버리는 길밖에 없었다. 그렇게 간단한 것도 생각하지 못하는 주제에 당대 제일의 학문을 성취했노라고 자랑하는 놈들과 함께 앉아 술을 마시려니 웃음이 터져 나와 미칠 지경이었다.

"어디 불편한 곳이라도 있는가?"

정몽주가 빤하게 바라보았다. 네놈이 무슨 생각을 하고 있는지 다 알고 있다는 것 같은 표정이었다. 아무래도 정몽주와는 목숨을 걸고 싸워야 할 운명인 것 같았다.

만 남

우왕 9년(1383), 함주가 시끌벅적해졌다. 이방원의 급제를 알리는 방군榜軍들이 고함을 치며 난입했다. 이성계와 한씨가 크게 놀라 대청으로 뛰어나왔다. 작년에 혼인한 방원이가 소과小科에 합격하여 진사가 되었을 때도 크게 기뻤는데 이번에는 대과에 급제하였으니 어찌 기쁘지 않겠는가, 한씨가 눈물을 글썽거리며 옷고름으로 입을 가리는데 이성계는 우왕이 있는 개경 쪽을 향해 큰 절을 올렸다. 자신이 큰 공을 세운 것보다 훨씬 기쁘고 감격스러웠다. 생각할수록 방원이가 신통했다. 어렸을 때부터 다른 자식들과는 뭔가 다르다고 느꼈더니 결국 일을 저지르고야 말았다. 소과에 급제했을 때도 손님들이 오면 불러내 글을 짓게 하여 은근히 자랑하였는데 정식으로 벼슬에 오를 수 있는 대과에 급제하였으니 그 기쁨은 헤아릴 수 없었다. 그동안 공이 컸어도 그래봤자 무부武夫의 집안에 지나지 않는다는 자격지심을 가졌지만, 이제 방원이가 대과에 급제하였으니 명실상부한 사대부의 가문이 된 것이다.

"잔치를 벌여야 하지 않겠습니까?"

"당연하지 않소? 즉시 준비하도록 하시오."

이성계의 일가와 측근은 물론, 장병과 백성들까지 푸짐하게 먹고 마셨다.

"개경에서 삼봉이라는 분이 오셨다고 하였느냐?"

초병의 보고에 군진軍陣에 있던 이성계가 고개를 갸웃했다. 삼봉이 정도전의 호號라는 것과 벼슬에서 떨려났다는 것쯤은 알고 있었지만 왜 여기를 찾아왔는지 궁금하기 짝이 없었다.

"삼봉이라면 선왕先王께서 승하하신 직후 유배를 당했던 분이 아닙니까? 개경에서 듣자하니 그리 평판이 좋지 않은 것 같던데요."

대과에 급제하여 유가遊街하러 왔다가 이성계의 군진에 들린 이방원이 아는 체를 했다. 작년에 혼인하여 개경의 처가에 들어가 사는 이방원까지 알 정도라면 정도전의 평판은 가히 짐작할 수 있었다. 가만히 생각하던 이성계가 밖으로 나갔다. 거지나 별로 차이가 없는 중년사내가 반색을 했다.

"불청객이 찾아와 송구스럽기 그지없습니다."

"아닙니다. 소인은 객을 마다하지 않는 사람이니 군진이나마 들어오시지요."

"그럼 폐를 끼치도록 하겠습니다."

들어가려던 정도전이 정렬된 막사와 군마를 보고 크게 감탄했다.

"정말 훌륭하십니다! 이런 군대를 가지고 무엇을 못하시겠습니까?"

혼잣말처럼 뇌까린 정도전이 군진으로 들어갔다. 이지란을 위시한 장수들이 떨떠름한 표정으로 일어나 맞았다. 이방원도 그리 내키지 않는 안색으로 인사를 했다.

"이 준재俊才가 이번에 급제한 자제분이지요? 오늘 직접 보니 부친을 그대로 빼닮아 범의 기상에 용의 모습이올시다! 어찌 저리 당당하고 헌걸찬 아들을 두셨습니까? 소인 같은 범부凡夫는 그저 부러울 따름입니다."

정도전이 이방원을 입이 마르도록 칭찬하자 이성계는 한껏 흡족했다. 잠시 후 걸판진 술자리가 벌어졌다. 술을 마시기 전에 정도전이 이방원에게 앞으로 조심해야 할 것을 일러주었다. 선배와 상관들에게 인사하는 법부터 시작해서 꼭 해야 할 것과 적당히 해도 될 것, 절대 하면 안 될 것으로 구분하여 가르치는데 귀에 쏙쏙 들어오지 않는 것이 없었다. 잠깐 사이에 이성계를 위시한 모든 자들이 정도전을 다시 볼 지경이었다.

"포은 외에는 적수가 없다는 세평世評이 과연 사실입니다 그려."

이성계가 자못 감탄했다는 투로 말했다.

"허허허! 저 같은 소인배를 어찌 포은 같은 대학자와 비기십니까? 칭찬이 과하여 금방 취할 것 같습니다."

두 사람이 기분 좋게 건배했다. 정도전은 어느새 귀빈이 되어 있었다. 다른 자들을 내보낸 이성계가 파탈하고 대작했다.

"그런데 천하를 주유하시는 선생께서 어인 일로 여기까지 오셨습니까? 여기는 군대와 전마戰馬 밖에는 볼 것이 없지 않습니까?"

"바로 그것이 보고 싶어 천리 길을 마다않고 찾아뵌 것입니다. 학문의 학자도 제대로 알지 못하는 자들이 도리가 어떻네, 경륜이 어떻네, 떠드는 꼴에는 그만 신물이 났거든요. 그런데 여기는 호방한 기개가 철철 넘치고 있으니 공기만 마셔도 그동안 배겼던 추잡한 것들이 싹 빠져나가는 기분입니다. 장군께서 고려 제일의 전과를 거둔 것은 절대 우연이 아니었습니다 그려."

"하하하! 나라와 백성을 지키는 의무에 충실한 무부를 너무 과대평가하셨습니다."

"나라와 백성을 지킨 다음에는 무엇을 하시겠습니까?"

정도전이 은근한 음성으로 말했다. 술을 마시려던 이성계가 흠칫 놀라 잔을 내려놓았다.

"나라와 백성을 지킨 다음에는 어떻게 해야 하겠습니까?"

"장군의 일이니까 본인께서 가장 잘 아시지 않겠습니까?"

다시 돌아오는 반문에 이성계의 표정이 돌파하기 어려운 적진을 만난 것처럼 난감하게 변했다. 전쟁에서 승리하여 평화를 정착시키는 것이 의무였지만 그것은 결코 바람직하지 못했다. 평화가 도래하여 나라가 제대로 돌아가게 되면 지금 장악하고 있는 강력한 군권軍權이 흔들리게 될 우려가 컸다. 동북면의 전력이 유지될 수 있는 것은 중앙에 바쳐야 할 세금을 자체적으로 사용할 수 있기 때문이었다. 북원과 창끝을 맞대고 있던 관계로 언제 전쟁을 치를지 모른다는 명분을 내세워 세금을 알아서 걷고 사용할 수 있었는데, 세상이 평안해지면 그런 혜택을 누릴 수 없게 될 우려가 컸다.

더 큰 걱정은 이성계를 중앙으로 발령하고 다른 자에게 동북면을 맡기는 것이었다. 중앙집권이 강화되어 동북면이 힘을 잃으면 충분히 발생할 수 있는 일이었다. 그때는 어쩔 수 없이 따를 수밖에는 없을 것인데, 그것은 바로 몰락을 의미하는 것이었다.

"하늘이 무너져도 솟아날 구멍이 있다고 하지 않았습니까? 방법이 아주 없는 것은 아니지요."

정도전이 은근히 암시하는 방법을 생각해보지 않은 것은 아니었다. 그러나 반역은 아무나 하는 게 아니지 않은가. 천하의 이성계도 최영과 싸워 이길 자신은 없었다. 게다가 북원과 연합하여 힘을 빌리거나 아예 그쪽으로 다시 넘어갈 수도 없는 형편이고 보면 답이 나오지 않았다. 가만히 앉아서 몰락만을 기다리는 신세라고 생각하니 방원이가 급제한 것도 그리 기쁘지도 않을 지경이었다.

따지고 보면 방원의 급제는 반드시 방원이 뛰어났

다기보다는 이성계의 공을 인정하여 던져준 대가에 지나지 않았다. 당연히 받을 것을 받은 것에 지나지 않는데다 나중에 방원이가 출세한다는 보장도 없었다. 아비가 힘을 잃었는데 자식이 아무리 날고 뛰어봐야 무엇하겠는가. 그저 한숨만 나올 따름이었다.

"고명하신 삼봉 선생께 가르침을 청하겠습니다."

"하하하! 소인은 별로 고명한 사람이 아닙니다. 그랬다면 왜 지금까지 찬밥 신세겠습니까?"

정도전이 웃으며 잔을 비웠다. 아직 챔질 할 단계가 아니었다. 오늘은 미끼를 뿌려 입질을 받은 정도로 충분했다. 이성계가 자신의 신세와 미래를 이끌어 줄 군사軍師가 없다는 것을 절감한 만큼 먼저 손을 내밀 필요는 없었다. 이성계 정도라면 얼마든지 주무를 자신이 있었다. 자신에게 딱 맞는 이성계를 발굴한 무학에게 큰절이라도 드리고 싶은 심정이었다.

"오늘은 장군을 모시고 대취大醉하고 싶습니다."

정도전이 잔을 권했다. 무심결에 잔을 받아 마시던 이성계가 흠칫 놀랐다. 누군가의 얼굴이 강하게 떠올랐다 급격히 가라앉았다. 활을 놓을 때보다 짧은 순간에 명멸한 얼굴은 박의朴儀였다. 이성계가 최초로 이긴 상대였던 박의는 반역자였다. 최전방인 강계를 지키던 박의가 왜 반역했는지는 알 수 없었다. 여하튼 중요한 것은 주어진 임무를 성공시키고 살아남는 것이었지 적의 내면을 알아내는 것이 아니었다. 고르고 고른 친병親兵 1,500기를 이끌고 나갔던 이성계는 고전을 면치 못했다. 전투 경험이 풍부하고 노련한 박의에게 풋내기 이성계쯤은 우스운 상대였다. 서전緖戰에서 참패한 이성계 부대는 하마터면 전멸당할 뻔했다. 첫 전투가 마지막 전투가 될 뻔했던 위기를 구한 것은 활이었다. 승리를 확신하고 정면으로 격돌하는 적을 순식간에 오십여 명이나 사살하자 반란군들이 크게 동요했다. 그때를 놓치지 않고 이성계가 선두에서 돌격하여 반란군을 대파했다. 패주하는 적을 추격하여 마침내 괴수 박의를 따라잡았을 때 그는 이미 심한 부상을 당한 상태였다. 일단 투항을 종용하였는데 놀랍게도 한 명도 투항하지 않았다. 박의를 위시한 전원이 마지막까지 싸우다가 깨끗이 전몰戰歿했다. 그때 박의가 뿜어낸 분노와 격렬한 투지에 몸이 떨렸다. 온몸에서 피를 뿜으며 뭐라고 외치며 죽어가던 박의와 자신의 모습이 겹치는 것 같았다.

목수마을에 곡식을 실은 달구지가 줄줄이 들어왔다. 모두가 궁호를 칭송하기 바빴다. 궁호가 행수가 된 이후 배부르게 먹게 되었으니 칭송은 당연한 것이었다. 품삯으로 들어온 곡식을 헤아려 본 궁호가 밖으로 나갔다. 또 일을 따려면 품삯을 받은 인사를 하는 것이 좋을 터였다. 장부를 만지고 일거리를 따오는 것에 그치지 않고 직접 일을 하게 된 다음부터 재수가 따르는 것 같았다. 일거리가 대폭 늘어나고 몸이 탄탄해진 것도 좋았지만 생각만 해도 지긋지긋한 여달까지 사라졌으니 정말 살 것 같았다. 최영이 여달을 돌봐준다는 소문 때문에 크게 긴장한 것은 사실이었다. 그러다 갑자기 여달과 수하들이 사라졌을 때는 자못 궁금했는데, 두 달 쯤 지나 불국사에 있다는 소문이 퍼졌다. 은밀히 사람을 보내어 알아본 결과 불국사에 있는 것이 분명한데다, 아예 거기에 눌러앉은 것 같다는 전갈을 가지고 왔다. 그렇다면 세상에 걱정할 것이 없지 않은가.

바삐 길을 줄이던 궁호가 음침하게 웃었다. 강씨에게 생각이 닿은 탓이었다. 처음에는 강씨가 너무 노골적으로 유혹하는 바람에 정신이 온전치 않은 것으로 착각했을 정도였다. 나중에 강윤성의 딸이자 이성계의 둘째 마누라라는 것을 알게 되었을 때는 크게 놀랐지만 이미 엎질러진 물이었다. 남의 눈에 띌지 모르는 위험을 감수해야 했지만 언젠가 크게 이용할 수 있다고 확신했기 때문에 원하는 대로 만나주었다. 게다가 자신의 아들들이 좋은 집에서 살면서 호의호식할 수 있으니 굳이 장가갈 필요도 없었다. 은애의 존재감은 사라진 지 오래였다.

최영이 혼자 잔을 기울였다. 독한 국화주를 한 되 남짓이나 마셨는데도 그리 취하지 않았다. 이미 예순일곱, 당장 죽어도 이상할 것 없는 나이에 자꾸 술이 느는 것은 그에게 원인이 있지 않았다. 그의 주량을 늘게 만드는 사람은 왕이었다. 겨우 열 살에 즉위하여 이제 만으로 열여덟이 된 우왕은 갈수록 최영을 실망하게 만들었다. 즉위 이전부터 학문을 가까이 하지 않았던 우왕은 유치한 놀이와 매사냥 같은 것에 넋을 잃고 빠져들었다. 그러다보니 제왕이 갖추어야 할 학문과 교양이 전혀 함양되지 못했는데, 약간 나이가 든 다음부터는 설상가상으로 포악하게 변했다. 민가에 나가 가축을 마구 쏘아죽이거나 여염의 부녀자를 잡아다가 강간하기 일쑤였다.

우왕이 궁을 떠났다는 말이 나면 백성들이 앞다투어 도주하였으니 왜구보다 우왕을 더 두려워할 지경이었다.

암군暗君들이 다 그렇듯 우왕도 황음荒淫했다. 아름답거나 자색이 고우면 처녀와 유부녀를 가리지 않고 강제로 데려와 후궁으로 삼아버렸다. 고관들도 딸과 첩이 횡액을 당할까봐 전전긍긍할 지경이었다. 그것으로 끝나지 않고 그런 후궁들을 사냥에 따라다니게 하여 함께 개울에 들어가 목욕하고 희롱하기까지 하였으니 음탕하기로 정평이 난 28대 충혜왕忠惠王에 비견될 정도였다. 충혜왕에 생각이 닿은 최영이 쓰게 웃으며 잔을 비웠다. 최영은 충혜왕을 모셨던 몇 안 되는 구신舊臣이었다. 음탕하기로 치면 충혜왕을 따를 왕이 없었다. 충혜왕의 치세는 강간으로 시작하여 강간으로 끝났다고 해도 과언이 아니었다. 얼굴이 반반한 여자를 잡아들여 강간하는 것이 충혜왕의 일과였다. 대신과 내시의 첩은 물론 천한 노비들까지 닥치는 대로 강간하였으며, 심지어는 서모뻘 되는 부왕의 후궁들을 강간하기까지 하여 정말 할 말이 없게 만들었던 자였다. 우왕도 계속 이렇게 나가다가는 충혜왕보다 더욱 황음하게 될 우려가 적지 않았다.

따지고 보면 반드시 우왕의 잘못이라고 할 수는 없었다. 우왕을 자리에 앉혀준 이인임이 바른 길로 인도할 리가 만무했다. 권력을 농단하던 이인임은 우왕이 무슨 짓을 하던 상관하지 않았는데, 어린아이를 제대로 가르치지 않고 방치하면 어떻게 되겠는가. 이인임은 그것으로 그치지 않고 타락의 길로 인도했다. 권력투쟁의 아귀다툼에 휩쓸려 그릇된 가치관을 가지게 된 우왕이 포악하고 황음하게 된 것은 지극히 당연한 결과라고 할 수 있었다. 문제는 앞으로였다. 계속 그렇게 행동하다가는 반역의 빌미를 줄 우려가 컸다. 그렇지 않아도 신돈의 자식이라는 의혹이 크지 않은가. 이인임의 심복들이 딴 마음을 먹는 날에는 우왕의 목숨이 위험했다. 실제로 5년 전에는 그런 일이 발생하여 하마터면 큰일 날 뻔했던 사례마저 있었다. 그럼에도 불구하고 천하태평으로 놀아나는 우왕을 보면 그저 한숨만 날 따름이었다. 갑자기 술잔 속에 여달이 떠올랐다. 여달의 얼굴은 최영이 예전에 알았던 어떤 인물과 정확히 겹쳐졌다.

무학이라는 승려가 찾아왔다는 전갈에 이성계가

의관을 정제하고 나갔다. 직접 만난 적은 없지만 익히 소문을 들은 데다, 천하의 형세를 살피러 나간 정도전이 실로 비범한 인물이라며 극찬을 했기 때문에 최상의 예우를 다해야 마땅했다.

"견성見成하지도 못하고 여기저기 떠도는 중을 이렇게 환대하시니 몸 둘 바를 모르겠습니다."

"그런 말씀 마십시오, 천하의 무학 대사님을 모시게 되어 누대의 광영이올습니다."

극진한 대우를 받은 다음 무학이 짐짓 말했다.

"소승이 비록 천하를 떠돌기는 하나 여태껏 공짜로 얻어먹은 적은 없습니다. 약소하나마 해몽解夢으로 밥값을 대신할까 하니 최근에 꾼 꿈 가운데 기억나는 것이 있으시면 말씀해보십시오."

무학의 제안에 이성계가 잠시 기억을 더듬었다. 이윽고 기억난 꿈을 무학에게 말했다.

"불타는 집에 뛰어 들어가 서까래 같은 것을 지고 나오셨다는 겝니까?"

"그렇습니다."

"서까래를 몇 개나 지고 나오셨습니까?"

그것까지는 정확하게 기억나지 않았다. 본래 꿈이라는 것이 그렇지 않은가. 무학이 혹시 세 개를 지고 나오지 않았느냐고 말하자 그런 것 같기도 했다. 뭔가를 깊이 생각하던 무학이 크게 놀랐다.

"오호라! 길몽 가운데서도 대길몽입니다!"

"예? 그게 무슨 말씀이십니까?"

"해몽을 드리기 전에 일단 잡인雜人을 모두 물리치십시오."

이성계가 바깥의 호위병과 종들을 멀찌감치 물리쳤다. 도대체 무엇이기에 대길몽이라고 하는지 궁금하기 짝이 없었다.

"사람이 서까래 셋을 등에 진 모습을 글자로 풀이하면 이렇게 되지 않습니까?"

무학이 쓴 글자는 왕王자였다. 그것을 본 이성계가 펄쩍 뛰었다. 하얗게 질린 이성계가 뭐라고 외치려 했다.

"쉿! 천기를 누설하고 있으니 경거망동을 삼가십시오!"

엄하게 주의를 준 무학이 바랑에서 때가 꼬질꼬질한 책자를 꺼내 내밀었다.

"이것은 글자를 통해 앞날의 운수를 점치는 책입니다. 마음에 드는 글자를 골라보시지요."

이성계가 덜덜 떨리는 손으로 책장을 넘겼다. 정도전이 은근히 반란의 가능성을 제시하는 데 비해 무학은 대놓고 반역을 부추기고 있지 않은가. 만일 이것이 바깥으로 흘러나가는 날에는 바로 파멸이었다. 글자를 고르던 이성계가 짚은 것은 문問자였다. 이성계도 이렇게 치는 점에 대해 약간 알고 있었다. 문자는 대문에 입을 대는 형상이기 때문에 거지가 되어 문전걸식을 하게 된다는 아주 나쁜 괘였다. 이성계가 일부러 문자를 짚은 것은 너무나도 황당한 무학의 해몽을 반박하기 위해서였다. 그런데 이번에는 무학이 펄쩍 뛰었다.

"문問자는 바로 군주君主의 형상입니다! 오른쪽으로 보아도 임금 군君이며 왼쪽으로 보아도 군자가 아닙니까? 장군께서는 앞으로 제왕의 자리에 오르실 것인즉 미리 대례大禮를 드리겠나이다."

무학이 큰절을 드리는 데 바로 신하가 제왕에게 드리는 사배四拜였다. 이성계가 만류해도 기어코 사배를 마친 무학이 단정하게 꿇어앉았다.

"이게 무슨 짓입니까! 제발 이러지 마시고 편하게 앉으십시오."

"미욱한 중이 어찌 감히 군주 앞에서 정좌正坐할

수 있겠습니까?"

"제발 부탁이니 일단 편히 앉으신 다음 이야기를 하십시다."

"황공무지로소이다!"

무학이 편하게 앉자 이성계가 울상이 되어 사정했다.

"장난이 너무 지나치지 않으십니까? 방금 하신 말씀들은 취소하여 주십시오."

"장난이 아닙니다. 장군께서는 머지않은 장래에 제왕의 자리에 오를 것이 틀림없습니다."

"……."

"모든 생명과 사물은 유한합니다. 국가 역시 끝이 있어 아무리 강한 국가라고 해도 종국에는 멸망하기 마련입니다. 그토록 강성하여 한때 중원을 제패했던 고구려도 마침내 멸망하였으며, 신라의 천년왕국도 고려의 토양 아래 묻히고 말았습니다. 중원中原에서도 무수한 제국들이 명멸하였으며 송宋을 멸망시키고 대제국을 이루었던 원元도 명明에게 쫓겨 숨통이 끊기기 직전이 아닙니까? 고려도 마지막 숨을 다하고 있으니 새로운 나라를 세워 백성을 구제할 천명天命이 바로 장군께 있는 것입니다."

"왜 하필 제가 천명을 받아야 합니까."

"천지의 조화를 어찌 인간의 머리로 알아낼 수 있겠습니까? 다만 느낄 수 있을 따름입니다."

"하지만 저는 배반자의 후손인데다 제대로 배우지도 못한 칼잡이에 지나지 않는 자입니다. 그런 자가 어찌 천명을 받아 새로운 국가를 세울 수 있다는 말입니까? 대사님의 말씀은 너무나 불충하여 도저히 받아들일 수 없으니 당장 취소하고 나가주시기 바라겠습니다!"

이성계로서는 당연한 반발이었다. 정도전을 미리 보내 귀띔을 하였지만 아직 생존 차원 이상의 의미를 느끼지는 못했을 것이다. 그런 이성계에게 왕위에 오르라는 것은 받아들이기 어려울 터였다.

"왜 스스로를 부족하다고 여기십니까? 진시황秦始皇이 세운 최초의 제국 진秦을 뒤엎고 한漢을 세운 고조高祖 유방劉邦은 지방의 현령에 지나지 않았습니다. 후한後漢 말기에 스스로 황실의 종친이라 일컬어 촉한蜀漢을 세운 유비劉備는 돗자리나 짜던 상것이 아니었습니까? 또한 중원 천하를 통일하였다가 고구려에게 멸망당한 수隋나라를 건국한 문제文帝 양견楊堅은 북주北周의 외척이었고, 송宋의 태조 조광

윤趙匡胤은 정통성도 없는 후주後周의 무사 출신이 아니었습니까? 원元 제국의 창시자인 칭기즈칸은 몽골의 촌뜨기였으며 최근에 명明나라를 일으킨 주원장은 아비가 누군지도 모르는 홍건적 출신의 도적에 지나지 않았습니다. 그들이 천하에 군림할 수 있었던 것은 바로 천명天命을 타고 났기 때문입니다. 그들에 비하면 장군은 자격이 차고도 넘칠 지경입니다."

무학의 눈에서 매서운 빛이 일렁였다.

"대사님의 예언이 옳다고 쳐도 임금과 나라의 이름만 바뀌면 무엇 하겠습니까? 그 땅에 그 백성일 텐데……."

무학이 나지막이 한숨을 쉬었다. 제왕의 길을 몰라도 너무나 모르고 있기 때문이었다.

"고구려에게 멸망당한 수나라의 땅과 백성을 그대로 물려받은 당나라가 왜 고구려를 멸망시킬 수 있었겠습니까? 그리고 수나라를 멸망시켰던 고구려는 왜 수나라의 모든 것을 계승한 당나라에게 멸망당했겠습니까?"

"……."

"나라의 근본은 백성이며 백성을 먹여 살리고 나

라가 유지될 수 있으려면 조세租稅와 군역軍役이 필수적입니다. 조세와 군무軍務를 원활하게 하기 위해서는 당연히 제도가 필요한데, 제도를 잘 유지하고 시행하기 위해서는 유능한 자들을 선발하여 맡겨야 하지 않겠습니까? 그들이 바로 관리들입니다. 나라가 평안하고 백성이 잘 살기 위해서는 군주가 관리를 얼마나 잘 부려먹는가에 달려 있다고 해도 과언이 아니겠지요. 그런데 관리들을 제대로 쥐고 있지 못하거나 이인임처럼 강대한 권력을 쥔 자가 나타나 심복을 요직에 심어 부정이 조장되면 어떻게 되겠습니까? 조세는 바로 혈액과 같은 것인데, 그것이 제대로 돌지 못하면 팔다리가 썩어가고 마침내 국가가 무너지게 되는 것이지요. 그 자리에서 새로 일어난 나라는 같은 땅과 백성을 물려받더라도 기존의 제도를 혁파하고 보완하여 효율적으로 시행할 수 있기 때문에 국력이 신장될 수 있는 것입니다."

무학이 국가의 성쇠盛衰 과정을 간략하게 설명했다. 이제 막 출가한 승려에게 목탁 치는 기술을 가르치는 것 같았지만 어차피 겪어야 할 일이었다.

"고려는 이미 멸망의 단계에 접어들었습니다. 완전히 피폐하게 되어 외부의 위협에서 자신을 지켜낼

최소한의 힘마저 잃게 되면 주변의 강자들에게 찢겨 먹힐 뿐이겠지요. 단군께서 물려주신 이 땅을 지키는 길은 오직 새로운 나라를 일으키는 길밖에는 없습니다. 장군에게 내린 천명을 받아들여 강한 나라를 세우도록 하십시오. 소승이 목숨을 걸고 보필하겠습니다."

"하지만 최영 장군을 이길 자신이 없습니다. 설령 이길 수 있다고 하더라도 그 분과의 의리를 생각하면 차마 못할 짓입니다."

이성계가 드디어 심경을 내비쳤다. 무학이 차분하게 다독였다.

"지금 조정은 이호경식二虎競食의 지세입니다. 두 마리의 호랑이가 먹이를 다투다보면 분명히 한 마리는 죽게 될 것이고 이긴 놈도 크게 다치거나 힘을 소모하지 않겠습니까? 가만히 기다리다보면 언젠가는 기회가 올 것입니다. 그리고 목숨이 오가는 전쟁터에서 사사로운 관계가 있다고 하여 적을 동정했다가 어떤 꼴을 당하게 될 것인지는 누구보다도 장군이 잘 아시리라 믿습니다."

말을 마친 무학이 성큼 일어났다.

"그럼 이만 돌아가 보겠습니다. 자중하시면서 때

를 기다리도록 하십시오."

무학을 배웅한 이성계는 꿈을 꾸는 기분이었다. 흥분을 가라앉히고 냉정하게 판단하자 무학의 제안 외에는 다른 대안이 있을 수 없었다. 정도전이 이미 설파한 적이 있었지만 무학은 차원이 다른 인물이었다. 정도전만 해도 대단하다고 생각했는데 무학 같은 인물까지 나서서 밀어준다면 안 될 것도 없을 것 같았다.

우왕 10년(1384), 이방원은 퇴청하여 귀가하는 중이었다. 열일곱 밖에 되지 않았어도 기골이 장대하고 외모가 숙성하여 스물을 넘긴 장정으로 보였다. 2년 전에 혼인하여 개경에서 처가살이를 하느라 동북면의 거친 물이 많이 빠졌지만 약해 빠진 개경의 청년들과는 확연히 달랐다. 만만히 보고 덤벼들었던 파락호들을 여러 차례 혼내 주었더니 이제는 감히 찝쩍대지 못했다. 서둘러 귀가하는 이방원이 빙긋 웃었다. 두 살 위의 아내 민씨와의 잠자리는 아직도 뜨겁고 달콤했다. 매일같이 몇 차례나 방사를 치르는 것은 빼놓을 수 없는 기쁨이었다. 걸음을 재촉하던 이방원이 멈칫했다. 길옆에 문을 연 주루酒樓에 앉아 있는 사람이 낯익었다. 안을 들여다보니 큰형 이방우가 혼자 술을 기울이고 있었다. 잠시 바라보던 이방원이 주루 안으로 들어갔다.

"형님, 그동안 별 일 없으셨습니까?"

이방우가 흘긋 쳐다보다 앉으라고 손짓했다. 이방원이 앉자 넘치도록 술을 부어주었다.

"마셔라. 너도 이젠 술을 제대로 마실 줄 알아야 할 테니까."

이방우는 제법 술을 마신 것 같았다. 방원은 열세 살이나 차이가 나는 큰형 이방우를 어려워했다. 먼저 내려와 벼슬을 사는 큰형 이방우와는 가끔씩 만나기는 했는데, 이렇게 혼자서 술을 마시는 것은 뜻밖이었다.

"마시라고 하지 않았느냐."

"형님, 무슨 걱정이라도 있으십니까?"

"마시라면 마실 것이지 무슨 말이 그리 많으냐!"

이방우가 갑자기 호통을 쳤다.

"하기야 정식으로 등과登科하여 벼슬을 한 분의 눈에 나같이 음서로 꼽사리 낀 놈이 사람으로나 보이겠느냐."

차갑게 냉소한 이방우가 벌컥벌컥 술을 들이켰다.

말이 없고 진중하여 어렵기만 하던 큰형의 주정에 이방원이 적지 않게 당황했다. 계속 술을 퍼마시던 이방우가 쓰러지자 들쳐 업고 나갔다. 이방원에게 업힌 이방우는 알아듣기 어려운 것들을 두서없이 주절거렸다. 가만히 들어보니 마누라에 대한 불만인 것 같았는데, 큰형수가 매우 정숙하고 후덕했기 때문에 언뜻 이해할 수 없었다.

– 음탕한 계집 같으니!

이방우가 이를 으드득 갈았다. 생각 같아서는 당장이라도 이성계에게 고해바치고 싶었지만 진실이 밝혀진 다음을 생각하니 차마 입이 떨어지지 않았다. 권력에 발을 담그고 사는 집에서 태어난 것이 이토록 원망스러울 수 없었다. 차라리 비밀을 모르는 것이 훨씬 나을 것 같았다.

푸르게 물든 바람이 시원하게 땀을 식혔다. 여달이 허리를 펴고 하늘을 바라보았다. 하늘은 개경이나 동경이나 똑같았으며 바람의 느낌도 다르지 않았다. 불국사에 들어온 지 햇수로 삼년이나 되었지만 여달은 세월에 무관심했다. 깊이 숨을 삼킨 여달이 자신의 일에 몰두했다. 요즘의 여달은 일에 직접 참

여하지 않았다. 뛰어난 수하를 골라 도편수의 일을 맡긴 다음, 일이 막히거나 어깃장이 날 조짐이 보이면 엄하게 가르치는 것 이외의 시간에는 숫돌과 씨름했다. 대패와 끌, 자귀 등은 물론 공양간의 칼도 도맡아 갈았다. 집요하게 반복되는 예리한 마찰에 몇 개의 숫돌이 절딴 났는지 몰랐다. 지금의 숫돌도 중간이 움푹 패어 언제 부러질지 몰랐는데, 그런 곡면에 직선의 날을 예리하게 갈아내는 모습은 신기에 가까울 지경이었다.

"쉬었다 하시지요."

무명이 삶은 마를 가지고 왔다. 여달이 감사히 합장하고 마를 먹었다. 무명이 건네는 물을 한 모금 삼킨 다음 다시 대팻날을 집어 들었다.

"시주께서는 잠시 쉬시는 것이 좋겠습니다."

승려가 대팻날을 슬쩍 빼앗았다. 여달이 묵묵히 옆의 바위에 걸터앉았다. 대팻날은 잘 갈렸다는 것으로는 표현하기 어려웠다. 새파랗다 못해 얼음처럼 냉혹한 빛이 뿜어져 나오는 날을 보노라니 절로 소름이 끼쳤다. 날을 돌려준 무명이 여달의 옆에 앉았다.

"시주의 정성에 감복하고 있습니다."

무명의 감사는 그저 하는 말이 아니었다. 삼년 전

에 여달이 수하를 이끌고 들어온 다음부터 불국사는 다르게 변했다. 상대를 찾기 어려운 솜씨를 가진 여달이 품삯을 받지 않고 전력으로 일했으며, 젊은 승려 가운데 재능이 있는 자에게는 기꺼이 솜씨를 물려주었다. 불국사가 날로 새로워지는 모습을 본 주지와 상좌들이 사전寺田의 소출을 대폭 지원하여 목재와 기와를 사들였으며 노비를 동원하여 일을 돕도록 했다. 그것이 다시 시주를 늘게 하였으니 불국사는 새로운 중흥기를 맞았다고 해도 과언이 아니었다.

"목수로서 당연히 할 일을 했을 뿐이니 제게 감사할 이유는 없습니다."

여달의 말은 대팻밥이 튀어나오는 것처럼 단조롭고 일정했다. 다시 날을 받아든 여달이 숫돌에 물을 추기는데 무명이 합장하며 말했다.

"시주는 여기에 있을 사람이 아닙니다."

"……."

"큰일을 하기에는 불국사가 너무 좁습니다. 부디 드넓은 바다로 나가셔서 마음껏 뜻을 펼치도록 하십시오."

무명이 가버린 다음 여달은 묵묵히 날을 갈아댈 따름이었다.

작가 배상열

1963년 경북 달성 산産, 어려서 부친을 따라 상경하였기 때문에 투박한 방언과 고향에 대한 기억을 보유하고 있지 못함. 1988년에 한국일보에 입사한 다음 우연한 계기로 역사를 독학하다가 이순신에게 영혼을 바치기로 결심하게 됨. 2003년 소설 『풍운 1부』(전 7권)을 발표하여 명함을 내민 이후 2004년 『북벌영웅 이징옥』(전 3권), 2005년 『이순신 최후의 결전』(전 3권) 등의 대하역사소설을 집필했다. 2007년부터는 본격적인 역사로 방향을 틀어 대표작으로 가장 완전한 이순신 평전인 『난중일기외전』을 발표하였으며 '문화관광체육부장관상 및 제 2회 디지털작가대상'을 수상하기도 했다. 2008년에는 인문역사서 『조선비화』와 『왕자의 눈물』을 출간하였고 석기시대를 다룬 『소설 동이』를 발표했다. 2009년에는 상반기 중에 발표될 역사인문서 『칼의 제국』과 『조선의 로데오거리부터 할렘까지』, 『아무도 조선을 모른다』 이외에도 최소한 3권을 더 쓸 계획이다.

小說 숭례문 1권 [큰글자도서]

발 행 일 : 2010년 6월 7일
지 은 이 : 배상열
발 행 처 : (주)도서출판점자
발 행 인 : 김동복
출판등록 : 2009년 2월 17일 제 25100-2009-5호
주 소 : 서울시 성동구 아차산로17길 57 일신건영휴먼테코 1203호
전 화 : 02)3426-7511
팩 스 : 02)3426-7502
전자우편 : kbraille@naver.com
홈페이지 : www.kbraille.net

ISBN 978-89-93793-23-9
ISBN 978-89-93793-37-6

이 책은 큰글자도서로 출간하면서 두 권으로 나누어서 편집되었습니다.
잘못된 책은 바꾸어 드립니다. 값은 뒤표지에 있습니다.